Fais-moi oublier

Brigitte
KERNEL

Fais-moi oublier

ROMAN

J'ai lu

Retrouvez le groupe
« Fais-moi oublier de Brigitte Kernel »
sur Facebook :
http://www.facebook.com/group.php?gid=191796410975&ref=ts

www.brigittekernel.com

À J et M.

Pour Corine.

« Les curés, tant des villes que des campagnes, sont priés d'avertir le peuple que les éclipses n'ont aucune influence ni morale, ni physique : qu'elles ne présagent et ne produisent ni stérilité, ni contagion, ni guerre, ni accident funeste, et que ce sont des suites nécessaires du mouvement des corps célestes, aussi naturelles que le lever ou le coucher du soleil et de la lune. »

Gazette de France,
en prévision de l'éclipse
du 1er avril 1764.

PREMIER TEMPS

Léa, Louise et nous

1

Léa est tombée de ce pont. Comment tout cela a-t-il commencé ?

Nous venions de dîner, quatre amis, un lundi, en août. Nous avions bu, ri ensemble, sur la terrasse. Nous parlions de tout, de rien, du chat roux qui s'était installé en face, sur un toit, dans le dernier reflet du coucher de soleil et qui semblait nous épier, de ce reportage que nous avions tous vu sur les femmes sibériennes, comme si nous n'avions pas autre chose à faire ce week-end que regarder la télévision. Nous avions évoqué l'actualité, le voile en France. Louise aimait parler actu. C'était la veille de son départ pour le Moyen-Orient, elle avait repris du poulet massala en parlant du régime qu'elle ferait en rentrant. Elle n'était pas inconsciente, n'ignorait pas qu'elle partait en pleine guerre, elle le disait, je ne suis pas une tête brûlée, bien sûr il y a eu des journalistes tués, je le sais, mais il ne faut pas imaginer que ça arrive tout le temps, les journalistes ne sont pas des soldats qui vont au front ! Enfin quoi il ne faut pas paniquer, sinon personne ne traite plus de l'actualité !

Ses yeux s'affolaient dans la pénombre. Olivier s'est levé, a placé des petites bougies rondes dans les deux photophores rouges que Louise et Léa venaient de nous offrir. Un vent frais s'insinuait. Louise se massait la nuque en parlant. Ce conflit, elle voulait y aller, témoigner. Pas question de rester à Paris. S'y rendre, c'était important, pour l'info. Informer les auditeurs de sa radio, dire au jour le jour ce qui se passait là-bas, sa profession, sa mission, et puis, c'était peut-être le début d'une Troisième Guerre mondiale, qui sait ? Il faut en parler, la parole médiatisée arrête parfois la machine... Enfin, je l'espère.

Léa l'écoutait, hochait la tête, murmurait, vivre avec un grand reporter n'est pas toujours aisé, ça me fait quand même un peu peur quand elle rejoint un pays comme celui-là, mais c'est son métier, hein Louise, mon amour, c'est ton métier ! Elles se sont embrassées, furtivement. Je n'avais jamais vu deux filles s'embrasser, avec la langue. Était-ce vraiment agréable ?

Puis Léa a expliqué, elle, ce n'était pas son truc la guerre, la politique internationale. Ses sujets de prédilection, ceux qu'elle maîtrisait le mieux, concernaient la condition des femmes dans le monde, partout, sur n'importe quel continent. Elle allait d'ailleurs en Jordanie dans deux mois, « faire du son » chez les Bédouines ; des femmes qui travaillaient pour l'association de la reine Noor. Elle a tendu son menton vers le ciel, une mèche de cheveux a glissé sur la droite, découvrant la totalité de son front, c'est incroyable le nombre d'étoiles, regardez le ciel !

C'était l'été, l'été parisien et ses fontaines dans lesquelles nous n'osions pas nous plonger.

Nous avions tous envie d'entrer dans nos vêtements légers, ces tenues achetées en solde dès juillet. Olivier était dans une période lin, chemises et pantalons. Ce lin vert d'eau, lin indigo, lin aux couleurs décalées, ça lui allait bien. J'adorais les choix d'Olivier en matière de lin, ils m'émouvaient parce qu'ils lui ressemblaient, juste sur le fil du classique, *borderline* comme il disait. Ses pantalons... Il les nommait « chocolat au lait », « caramel salé », « beurre frais ». J'adorais caresser ses cuisses et ses avant-bras lorsque le lin flottait, froissé, tout contre sa peau. Sensation forte. Il n'est pas besoin de faire beaucoup l'amour quand on s'aime vraiment. J'en étais persuadée. Nos dimanches sur ou sous la couette jusqu'à l'extase, yeux dans les yeux, trempés de plaisir, ces promesses « toujours, à la vie, à la mort » paraissaient nous réussir. J'avais lu dans un magazine que l'habitude dans l'acte amoureux tuait l'amour. Je n'y croyais pas. Nous étions plus forts et comme ils étaient bons nos rituels, ces dimanches après onze heures qui, ponctués par un bain parfumé aux huiles essentielles, nous mélangeaient.

Le poulet massala a refroidi. Personne n'a pris de dessert. Nous pensions tous à notre ligne. On a parlé du printemps qui nous avait découverts bricoleurs. Olivier et moi avions installé cette terrasse sauvage sur le toit. Des travaux d'une semaine et demie qui nous avaient révélés plus habiles que nous ne l'imaginions. Nous sommes revenus sur cette période, ce mois d'avril déjà chaud où Louise et Léa s'étaient enfin décidées à vivre ensemble. Léa riait. Ses mains dans la nuit dessinaient son euphorie. Ses mots se télescopaient. Elle parlait vite, s'amusait du fait que Léa et Louise rime avec Thelma et Louise, vous savez que c'est mon film culte ? Il ne faudrait pas que ça finisse de la même manière.

Elle a bu cul sec un demi-verre de blanc. L'alcool frappait nos tempes, nous avions soudain chaud. Nous nous amusions de rien, de tout, de ce supermarché qui diffusait dans ses haut-parleurs des cris de mouettes au rayon « poisson », et des bourdonnements d'abeilles au rayon « fruits et légumes », de cette fille, notre ancienne voisine qui travaillait autrefois au Crazy Horse, elle était devenue la présidente de l'association des collectionneurs de cochons ; cochons jouets d'enfants, cochons en céramique ou en métal venus de tous pays.

Louise a ébroué ses longs cheveux blonds d'un mouvement de nuque. Dans la lumière des photophores, sa chevelure ondulée paraissait plus épaisse. Elle ne nous écoutait plus, elle a soupiré, comme lasse, lasse mais sereine, et ses mots ressemblaient aux paroles d'une chanson, on a vécu un beau printemps, Léa et moi ; un beau déménagement ; les cerisiers perdaient leurs pétales dans les rues ; c'était superbe ce sol parisien recouvert par endroits de pétales roses, comme des tapis ; et nous sommes déjà mi-août, déjà...

Paris au mois d'août,
Il n'y avait plus de fleurs de cerisier,
Plus grand monde sous les arbres.

Plus grand monde dans les rues de la capitale, sauf nous, nous quatre, Louise et Léa, ce couple nouveau, et Olivier et moi dans notre huitième millésime. Mon chien était mort d'un œdème pulmonaire un an plus tôt, la date anniversaire approchait, 31 août. J'étais moins triste, chacun évitait de m'en parler. Ça m'avait fait étrangement souffrir de perdre mon labrador.

L'été à Paris a toujours été pour moi une gourmandise. Travailler en août, un régal ! Personne dans les rues, la vie à vélo. On m'avait confié une belle tranche de travail à la radio : minuit-quatre heures, un roman à lire en direct, mis en ondes par un réalisateur que j'aimais bien, Charles. Lectrice, c'est sympa comme boulot. C'est simple, un plaisir que de se balancer dans les textes des autres, leur donner encore plus de relief par le ton, par le style de votre voix, la particularité de vos intonations, de votre débit. Un métier. Un beau métier. Je lisais. Pour cent cinquante mille auditeurs, au dernier sondage. Je revois le regard du directeur des programmes alors qu'il commentait mes résultats. Bien, beau score, continuez comme ça, faites encore monter l'audience. Merci, merci, oui, je vais essayer monsieur. Je ne lui avais évidemment pas dit que si le Chanteur prenait mes chansons, je lâcherais ce job, trop envie de passer mes soirées avec Olivier. Nous étions décalés. Il dormait quand je rentrais, se levait alors que j'étais en plein sommeil. Lire. Douze ans de lecture radiophonique. Sans aucune lassitude, toujours avec gourmandise. Ça allait de *Bel Ami* ou du *Horla* de Maupassant, à Marie Nimier, *La Caresse*, Fred Vargas, *L'Homme à l'envers* en passant par Flaubert, Dumas, Modiano. Modiano, celui qui faisait généralement monter l'audience.

Ce soir-là, dans ce dernier été avant le nouveau millénaire, on parla finalement peu de boulot. Nous avons surfé de l'actualité mondiale à l'absence des Rita Mitsouko, attendus depuis si longtemps qu'on ne les attendait plus. Nous nous sommes souvenus de chansons, de celles que l'on n'oublie jamais, elles ont marqué notre adolescence. Je n'ai pas osé dire à Louise et Léa que j'écrivais pour le Chanteur, il m'avait commandé trois textes. Superstitieuse, je préférais garder le secret. Rien n'était fait. J'avais peur du jugement, du manque d'entrain des autres. On vous respecte, on dit oui à votre travail d'auteur si vous êtes chanté, joué, publié, reconnu, mais si cela reste une recherche de vous à vous et que vous ne trouvez pas de porte-voix, alors on vous classe du côté des amateurs.

Olivier s'est enthousiasmé en évoquant le cinéma bollywoodien. Il venait de le découvrir, son journal lui avait commandé un dossier sur les stars des studios de Bombay. Il était enchanté, j'adore, c'est Dallas parfumé aux fleurs, aux danses et aux saris, c'est kitsch, j'aime le super-kitsch, pas vous ? Louise n'en avait jamais vu. Olivier a promis, quand tu rentres

Louise, on organise une soirée Bollywood à la maison, j'ai des cassettes extraordinaires, entracte et encas comme cela se fait en Inde ! Léa a applaudi, c'est super, ça marche ! Louise hochait la tête à la verticale, polie, elle remerciait, oui, bien sûr, c'est sympa comme idée Olivier. Était-elle vraiment heureuse d'imaginer passer une soirée devant la télé et le magnétoscope, au cœur de ce monde rose et bleu indigo brodé de fils d'or ? Sans doute eût-elle préféré regarder un film de le veine de Satyajit Ray, pas un Bollywood...

Finalement, nous la connaissions peu. Nous ne l'avions vue que trois ou quatre fois auparavant. À la radio, nous entendions ses reportages, en Israël, au Liban, en Irak, en Iran. Une soirée Bollywood... il fallait qu'elle soit très amoureuse de Léa pour y participer.

Dis-moi Olivier. Quoi ma chérie ? Dis-moi, tu me trouves super-kitsch moi ? Non, tu n'es pas kitsch, enfin juste ce qu'il faut, tu es une merveille, toi.

Collées sur le même siège en rotin rose, Léa et Louise se tenaient par la main, petits oiseaux inséparables soudés aile contre aile. Léa a raconté. Pour la première fois de ma vie, j'ai rêvé que je volais. J'étais debout au bord du vide, je plongeais, planais au-dessus de Paris. Je ne percevais plus mon corps de la même manière. C'était doux, serein et beau les toits de la ville en dessous, puis tout à coup, un autre oiseau est arrivé et nous avons volé ensemble, il avait les yeux bleus de Louise. Il me regardait et je lisais ses pensées.

Voler en rêve, ça ne m'était jamais arrivé. J'ai envié Léa, ça devait être une belle sensation.

Le téléphone de Louise vibrait sur la table. Elle l'a ramassé comme on attrape un insecte qui se noie dans la piscine, avec précaution et tristesse. Elle a attendu que le répondeur se mette en route. Pas envie de répondre. Quelques secondes plus tard elle l'a interrogé, son menton semblait s'allonger au fur et à mesure qu'elle découvrait le message tout juste déposé. Sa mère l'appelait au secours, elle venait de retrouver son chat, mort, tout raide dans son panier. Louise releva le visage, deux minuscules cernes bruns soulignaient son regard, faut que je passe chez ma mère, c'est le drame. Et elle nous a répété à voix basse les mots qu'elle venait d'entendre. Il y avait des éclairs dans ses pupilles. Les photophores, leurs reflets dans la nuit, n'y étaient pour rien.

Un pigeon s'est installé sur la cheminée qui nous faisait face, il nous regardait.

Alléger l'ambiance s'imposait. Nous nous sommes séparés en plaisantant, alors Léa, tu vas être célibataire pendant un mois, tu vas courir les boîtes... Ça faisait rire Léa. Louise moins.

J'ai pris Olivier par la taille, à quoi penses-tu Olivier ? À rien, ma chérie. T'es sûr ? Non à rien, je te jure.

Louise ne lui avait posé aucune question à propos de son boulot. Ils étaient pourtant journalistes tous les deux. Forcément, le journal féminin pour lequel il bossait – chef du service culture, un journal populaire mais de grande diffusion –, ses pages people, ses mots croisés, ses recettes, l'actu en *reader digest*, le premier en France, ça ne pouvait pas intéresser Louise. Nous le savions avant cette soirée, notre première vraie soirée avec elle. Pourtant il était bien fait ce magazine bourré d'infos pratiques et d'idées de shopping, de bricolage, de vacances. Louise l'avait-elle ne serait-ce que feuilleté ? Une reporter d'envergure, connue et célébrée pour son travail exceptionnel, une grande journaliste, ne lit pas ce genre de magazine, avait dit Olivier alors que nous attendions Léa et Louise. Et puis, avait-il commenté, elle a obtenu le prix Albert Londres, un prix exceptionnel, un peu comme un oscar à Hollywood. Elle, c'est une vraie journaliste ! Rarement je l'avais surpris aussi gourmand. Il ressemblait tout à coup à l'amateur de cigares découvrant une édition spéciale de Partagas. Je pressentais cependant, quelque part en lui, même s'il ne le disait pas, au fond, dans les bas-fonds de ses errances, cette souffrance, petite certes, mais présente, une sorte de complexe qu'il réussissait chaque jour à prendre à bras-le-corps, se persuadant que son journal, ce magazine féminin qu'il aimait tant et qui était comme une réalisation personnelle pour lui, était un beau chemin de vie professionnelle à parcourir. J'aimais la manière dont Olivier prenait son travail au sérieux.

2

Olivier a débarrassé la table. Je devais descendre la poubelle oubliée la veille. J'ai accompagné Louise et Léa.

Dans l'ascenseur, je regardais mes pieds. Léa et Louise se sont embrassées. J'ai relevé la tête. Elles étaient belles. Je n'avais jamais vu Léa aussi resplendissante, elle avait minci, ses cheveux en bataille changeaient la forme de son profil, elle portait des jeans désormais, jamais auparavant elle n'aurait osé. Et cette large ceinture en cuir qui lui barrait la taille, juste à la frontière de son t-shirt et de son pantalon en toile orange, ça lui allait vraiment très bien, ça te va vraiment bien Léa, tu es superbe ! Merci, c'est gentil. Elle s'est tournée vers moi, m'a lancé un clin d'œil.

Comme Léa était émouvante dans son nouvel amour ! Amoureuse, si amoureuse de sa copine. Une histoire qui enfin marchait dans sa vie. La première fois qu'elle ne passait pas une pauvre semaine avec une fille rencontrée dans une boîte ou un bar gay. Une vraie histoire d'amour, avec quelqu'un qui faisait le même travail qu'elle, une journaliste. Pourvu que ça dure. J'ai croisé les doigts. Léa avait-elle parlé de Louise à ses parents ? J'ai posé la question. Tu leur as dit ? Oh, non, rien ne presse, pas la peine de leur en parler maintenant, on verra plus tard. Et Louise a-t-elle parlé de toi à sa mère ? Non, d'ailleurs j'attends toujours dans un café en bas quand elle va la voir...

Une histoire d'amour,
Qui dit en plein jour,
Deux filles pour toujours.

J'avais écrit cette chanson l'après-midi. Je pensais la terminer le lendemain. Elle trottait dans ma tête comme la petite aiguille d'une montre. Le Chanteur m'avait commandé trois textes. Si mes chansons lui plaisaient, il les interpréterait. S'il ne les aimait pas, l'aventure s'arrêterait là.

Je croisais les doigts, je souhaitais de toutes mes forces qu'il soit sous le charme de mes mots. L'inspiration ne manquait pas mais l'été, la terrasse, les chemises en lin d'Olivier, ce besoin infini de repos, à me raconter que lui et moi c'était tellement différent, pas basé sur le désir, beaucoup plus fort et profond, dans les tripes... Je nous sentais une exception, Olivier et moi. Cette langueur qui m'envahissait, qui me comblait m'éloignait un peu de l'écriture.

Le boulevard était parcouru de monde en tenue légère, Réglisse le chat avait quitté cette terre, les photophores étaient rouges, Louise aimait Léa qui aimait Louise. Avant de démarrer son scooter, Louise a évoqué le phénomène céleste que nous allions vivre ensemble tous les trois, sans elle. Vous savez qu'à l'époque romaine, au moment où l'éclipse avait lieu, les gens poussaient de grands cris pour l'empêcher de s'arrêter ? Non, nous l'ignorions... Louise a soupiré, il y a des tas de croyances quant à cet événement, j'aurais aimé être là mais... Elle s'est interrompue, nous a fixés un long moment. Bon, si je comprends bien vous récupérez Léa demain et vous filez en Normandie aussi vite que possible... À Saint-Valery-en-Caux, c'est ça ? Joli coin... Il y a des mouettes partout, dans les rues, aux terrasses des cafés, je me souviens... J'appellerai dès que je peux.

À quelle heure est ton vol, Louise ? ai-je demandé. Un léger rictus a déformé ses lèvres. À 7 heures, c'est tôt.

Léa l'a embrassée dans le cou, a passé son casque, le scooter a démarré. Elles ont filé vers l'appartement de la mère de Louise, dans le XXe arrondissement, du côté de Gambetta. Une vingtaine de minutes plus tard, Léa a laissé un message sur mon portable. Louise vous a beaucoup appréciés, ça me fait plaisir. Bon. Merci pour cette soirée. En ce qui concerne le chat, il est bien mort. La mère de Louise est effondrée, du coup Louise ne sait plus si elle part. Faut qu'elle dorme. Demain elle y verra plus clair. En tout cas, merci pour tout. RDV comme prévu, demain, veille de l'éclipse. Bisous.

La météo avait annoncé une forte dépression en fin de semaine sur toute la France, le basilic dans le pot orange en terre sur la terrasse n'arrêtait plus de grossir, Olivier l'avait dépoté, placé loin de la menthe, la menthe c'est un squatteur, si on la met dans le même pot qu'une autre plante, elle bouffe tous les nutriments, il faut se méfier de la menthe. Olivier répétait, faut s'en méfier, et il a parlé à nouveau d'enfants, deux ou trois bébés avec toi, je t'aime ma chérie, tu veux pas faire un bébé avec moi ?

Je venais juste d'acheter ce nouveau t-shirt, bleu acidulé, moulant, col en V, Olivier a susurré, tu es belle dans cette couleur, mon amour et il m'a embrassée dans le cou. Il fallait dormir. Demain nous roulerions d'une traite jusqu'à la pointe normande. Oui, bien sûr on aura des enfants, Olivier, et ils te ressembleront mon amour. Non, à toi, à toi, ils ressembleront. Non à toi !

3

Vitres ouvertes, nos lunettes de soleil sur le nez, nous avons récupéré Léa en début d'après-midi à la sortie de la télévision. La direction de l'info venait de lui proposer un poste de journaliste « assise » comme elle disait. Elle hésitait, rester à Paris, présenter le journal tous les jours à treize heures, ne plus partir en reportage, passer à la télé d'accord mais ne faire que lire un prompteur, ça, ça m'emmerde, même si je suis payée plus grassement qu'à la radio, quelle galère ! T'es grand reporter, tu gagnes rien, tu montres ta gueule dans la lucarne, assis, no risque, et t'es surpayé, moi ce que j'aime c'est le reportage.

Assise à l'arrière de la voiture, elle souriait mais à peine, pas comme le soir précédent dans la lumière des photophores. Nous avons demandé des nouvelles de la mère de Louise. Le chat était-il vraiment mort ? Comment s'appelait-il déjà ? Ah oui, Réglisse, Réglisse le chat ! Bien sûr, comment avions-nous pu oublier ? Et comment avait-elle réussi à partir ce matin ? N'était-elle pas trop fatiguée ? Avait-elle bien embarqué ?

Léa raconta. Elle avait attendu dans un café. C'était pas évident que Louise en plein drame se ramène avec une nana, sa mère n'aurait pas supporté, j'ai attendu dans le troquet ouvert en bas, no problem. No problem, l'une de ses expressions favorites. Il y avait aussi « ça baigne » dans sa trousse à outils de bien plus jeune que nous. J'aimais quand elle clamait : Mais oui ! ça baigne !

Léa dessina encore le profil de ces heures passées à s'inquiéter. Louise était souvent terrorisée par les déprimes de sa mère. Cette femme vivait seule, monologuait en espagnol, sa langue maternelle, mangeait des bonbons toute la journée, quasiment pas d'aliments salés, pas un légume frais, et fumait, fumait beaucoup, grossissait. Elle avait déjà fait deux attaques, petites oui, mais des attaques quand même. Louise avait failli renoncer à ce reportage. Partir en pleine guerre quand sa mère va si mal n'est pas une décision aisée à prendre. La mort de cet animal l'ennuyait... Sûr, sa mère allait faire une sacrée dépression. Mais ne pas partir travailler pour une histoire de chat, franchement, vous êtes d'accord, on ne peut pas faire un truc pareil ! Léa affichait des yeux de chouette. J'ai fait oui, oui, bien sûr d'un bref mouvement de tête. Olivier ne nous écoutait plus, il doublait un camion dont le chauffeur paraissait endormi. Léa a continué, son souffle était court. Non, Louise ne pouvait pas renoncer, c'est trop important ce qui se passe dans ce pays, son travail de journaliste, ce n'est pas la mort d'un chat qui va l'empêcher de témoigner !

La voiture filait sur l'autoroute couleur peau de phoque, dans une lumière d'après orage. L'une de ces luminosités qui donnent envie de dégainer un appareil photo. Un arc-en-ciel, comme une voûte, est apparu dans l'horizon métallique. Léa était triste, marmonnait qu'elle détestait les week-ends, les dimanches et tous les jours de congés, heureusement que je passe ce jour d'éclipse avec vous.

Nous l'avons écoutée. Elle parlait vite. Louise m'a appelée de l'aéroport, juste quand j'arrivais à mon rendez-vous à la direction de l'info. Louise murmurait qu'elle était en manque de moi, déjà, Louise l'a dit, je vous jure, en manque de moi ! ça me bouleverse quand elle me dit des trucs pareils... moi aussi je suis en manque, je peux pas vivre sans elle plus de trois ou quatre heures et encore... Heureusement que nous faisons ces boulots ça va nous empêcher de fusionner, la fusion c'est la mort annoncée du couple, dit-on. Ce que j'aimerais faire un jour avec elle, c'est un reportage, tu vois le truc, génial, du coup on se quitte pas, un sujet sur la chasse au loup dans la steppe sibérienne, par exemple, ou sur les aigles chasseurs en Mongolie, partir à cheval, j'adore l'équitation, en Mongolie, cet espace, ce doit être fantastique... mais pour l'instant ce n'est pas possible, elle est tellement impliquée dans les problèmes du monde, remarque c'est elle qui est dans le vrai, le reste c'est futile, non ?

Olivier avait posé sa main droite sur ma cuisse. Après huit ans il avait l'air encore amoureux. Ça me rassurait ces petits gestes. Léa a allongé ses jambes, ses genoux appuyaient dans le dos de mon siège, j'ai pensé qu'elle était fatiguée, il fallait qu'elle dorme, avec ce drame hier, elles ont dû se coucher tard, elle ne dort pas assez, ça la rend fébrile et encore plus bavarde. J'ai avancé mon siège de quelques centimètres. C'était comme une sucrerie dans sa gorge, ces mots qu'elle articulait : vous savez ce que c'est être raide dingue de quelqu'un ? je veux qu'elle soit fière de moi ; elle n'a pas peur de faire du « journalisme de guerre », je ne dois pas lui montrer que parfois j'ai peur, je veux lui convenir... vous comprenez, vous voyez ce que c'est quand on est raide dingue ?

Nous savions. Longtemps Olivier et moi avions été très amoureux. Nous nous jurions souvent à la vie à la mort, il n'y a que la mort qui pourra nous séparer. Il m'embrassait alors, doucement, avec le bout de la langue, exactement comme j'aimais. Je déteste les grosses langues qui s'infiltrent dans votre bouche et jouent au ramoneur. Notre amour avait huit ans. Il avait mûri, évolué. Nous vivions un amour adulte et nous en parlions, plus sage, plus du tout fusionnel. Nous y réfléchissions souvent, ensemble, le soir, la tête tournée vers le Velux placé au-dessus du lit qui nous permettait de contempler le ciel et ses étoiles. Nous aimions notre vie amoureuse. Nous comprenions Léa, oui, Léa, la fusion des premières années, bien sûr Léa on comprend. Vivre sa passion et trouver en retour celle de l'autre vaut bien plus qu'une routine, voire qu'une rupture à venir. Le prix à payer n'est rien au regard de la force de ces instants qui nous font décoller de la réalité. Nous commentions, heureux.

Olivier et moi observions, attentifs, la belle progression de cet amour-là, celui de Léa et Louise qui devenait pour nous une vie à part entière, une source de bonheur. Nous adorions Léa et nous aimions beaucoup aussi l'amour de Léa et Louise.

4

Les yeux rivés au bitume, nous avons passé une partie de l'après-midi en voiture. Olivier et moi regardions régulièrement le cadran de nos portables. Nous attendions des nouvelles d'un couple d'amis que n'aimait pas beaucoup Léa. Ils devaient appeler depuis trois jours, dire s'ils venaient ou pas avec nous en Normandie. Les Henry. Nous n'avions pas de nouvelles d'eux, c'était étrange. Nous avions laissé plusieurs messages, polis, demandant si on leur préparait la chambre d'amis ou pas ? Mais rien. Pas une réponse si ce n'est un message déposé sur le répondeur de la maison il y a trois jours, on vous tient au courant, oui, on vient sans doute avec vous.

Léa jurait qu'ils n'en avaient rien à faire de nous. C'était la maison de campagne – Olivier venait d'hériter de sa grand-mère – qui les intéressait. C'était toujours pareil, les vrais amis disent du mal des faux amis et hop, on en veut aux vrais, préférant les autres, les faux, qui vous font croire qu'ils vous adorent. Léa avait toute une théorie sur les amis. Elle disait que la perte d'amis était une vilaine chose, hélas commune ! Elle avait si souvent été trahie ou déçue. Elle préférait désormais se tenir à distance. Elle m'a prise par le cou, à part vous, vous vous êtes MES amis, mes vrais amis.

Olivier s'est penché vers moi, son souffle était tiède contre le lobe de mon oreille. Il a chuchoté. On n'a pas d'enfant et voilà qu'on se retrouve avec cette grande fille de vingt-cinq ans et toutes ses théories. J'adore ça, pas toi ? Oui, Olivier, c'est magnifique cette relation avec Léa. Je me souviens l'avoir embrassé sur le coin des lèvres, là où sa barbe pousse le moins, cet îlot de peau tendre et doux.

C'est vrai, c'était bon et fort cette amitié, mais maintenant ? Maintenant que Louise entrait dans la vie de Léa, nos rapports n'allaient-ils pas changer ? Léa n'allait-elle pas nous échapper ? L'enfant s'éloigne de ses parents pour faire son nid, quoi de plus normal ; les parents gênent, ils posent des questions, donnent des conseils. Il faudrait que nous soyons parfaits. Et pas trop présents. Un peu plus sérieux aussi dans nos conversations et dans le choix de nos sujets de débats pour que Louise nous accepte...

Et si Louise nous trouvait futiles, sans intérêt, avec nos envies de cinéma bollywoodien ?

Léa souriait. Vous savez, Louise n'en revient pas, elle trouve géniale notre amitié, une relation pareille ! Léa m'a embrassée sur le front. Louise est juste un peu jalouse de toi, elle pense que tu me plais, c'est stupide non ? Mais y'a rien à craindre avec moi. Léa, tu le lui as dit, je suis hétéro pure souche, tu le lui as dit bien sûr ? Bien sûr, je le lui ai dit.

Le soleil était déjà assez haut, parler de sentiments tout à coup me gênait. Toujours cette pudeur des Bretonnes et je suis bretonne de la pointe des cheveux à la pointe des orteils. J'ai posé mes lunettes de soleil sur mon nez. Léa s'est tue. Je me suis retournée, elle fixait l'arc-en-ciel. Elle s'est pincé les lèvres, faites quand même attention avec les Henry, imaginez, si vous n'aviez plus cette maison de campagne, resteraient-ils amis avec vous ?

Un rideau de plis s'est installé sur le front d'Olivier. De ce regard vert d'eau qui n'a jamais cessé de me troubler, il m'interrogeait. Et si c'était vrai ? Alors on était vraiment des cons à croire que les Henry étaient des proches ? À arranger leur semaine de vacances « fauchés comme les blés » en leur prêtant la maison ? On avait même prévu de leur mettre une bouteille de champagne au frais... Ils n'ont tout de même pas dit du mal de nous, les Henry ? Tu nous le dirais bien sûr toi, Léa, t'es une vraie amie ! Léa n'a pas bronché. Sourcils froncés, elle pesait l'importance des mots qu'elle allait prononcer. Je ne crois plus à l'amitié. J'en suis revenue comme on revient des grandes marées avec des coquillages qu'on cuisine, déguste, aime et digère seul, toujours seul, entre trahison et oubli, l'amitié ne résiste pas à grand-chose surtout si le social ou les intérêts s'en mêlent, une maison de campagne, on vous aime plus, vous êtes du type à organiser des fêtes, on vous téléphone régulièrement, vous êtes radin, on vous éloigne d'un groupe qui paie souvent pour vous, vous êtes malheureux, on vous écoute une fois, deux fois, dix fois, c'est tout. Quelques-uns restent, un, deux, trois déjà c'est très rare sur une vie entière, l'amitié c'est le déroulé d'un tapis persan, un motif, un bout d'amitié et on passe à un autre motif. Si le tapis est entier, ça c'est la relation rare. Quant à la fidélité en amitié, quelle expression ! Il y a quelque chose de l'ordre de l'obligation acceptée dans ce terme, quelque chose qui ressemble à de la SICAV amicale, non, vous êtes pas d'accord ?

Vous savez, l'autre jour, une fille m'a dit : c'est dommage qu'on se voit plus, j'avais beaucoup investi sur toi. Vous vous rendez compte... Ce mot, « investir » !

Nous n'étions pas toujours d'accord, Olivier et moi, avec les théories de Léa. Alors on discutait pendant des heures. Le commerce équitable, le conflit israélo-palestinien, la vie des Russes restés en Afghanistan, Chirac se représenterait-il à la prochaine élection en 2002 ? N'était-il pas trop vieux ? Et Martine Aubry serait-elle un jour présidente de la République ? Ces débats qui souvent n'étaient que prétextes à batailler. Nous croisions le fer lors de ces nombreux week-ends partagés, nous nous levions chaque jour plus dynamiques. Au petit déjeuner nous recommencions de plus belle, et Baladur, t'as vu ? Nous parlions évidemment radio, cet artisanat qu'est le métier de journaliste et d'animatrice radio. Bien sûr, nous ne faisions pas la même profession, Léa et moi. Mais la passion que nous avions pour cet instrument si léger qu'est la radio nous unissait. J'appréciais les images brandies par Léa, la télé, c'est un

Boeing, disait Léa, la radio c'est un avion de chasse, c'est comme l'amour et la passion, je préfère piloter un amour fulgurant.

Il n'y avait que Léa avec qui nous avions ce type de rapports si proches. Nous l'avions d'une certaine manière adoptée, Léa, avec ses dix ans de moins que nous et son casque de discman bien en place sur ses oreilles. C'était la seule qui jamais ne nous dérangeait. Même à trois heures du matin quand, un jour, elle avait crié à la crise d'appendicite. Et elle ne nous empêchait pas de dormir quand elle restait chez nous jusqu'à l'aube à regarder le câble qu'elle n'avait pas chez elle en grignotant des bretzels, des bretzels que j'achetais pour elle ; Olivier et moi détestions les biscuits trop salés.

Nous nous sommes arrêtés sur le parking d'une station-service. Léa ne bougeait plus, paraissait ne plus respirer. Elle fixait un martinet qui essayait de décoller dans le champ nous faisant face. Elle l'observait comme un enfant regarde un film animalier. Léa s'est levée d'un bond. Elle se dirigeait déjà vers le martinet. Le volatile essayait de battre des ailes, de décoller du sol mais impossible, il n'y parvenait pas. Un martinet tombé sur le sol ne redécolle jamais, il faut l'aider, a murmuré Léa. J'ai vu Léa se pencher, voûter son dos un peu à la manière d'un chat. Les chats baissent la tête, la nuque suit à peine, comme tenue par la musculature des épaules. Il y avait quelque chose de félin en elle, comme une panthère, cette manière de marcher, ces pas amples, tranquilles, pas un geste saccadé en Léa, de la lenteur, du délié mais toujours de l'action et une forme de rapidité malgré cette gestuelle si particulière. Le martinet était dans ses mains. Olivier a allumé une cigarette. Sur ses cheveux, il a remis en place son petit chapeau rouge et or venu de Pondichéry. Un ami le lui avait offert au retour de voyage. Olivier l'adorait. Il fixait l'oiseau, ses yeux s'écarquillaient, il s'étonnait, ben dis donc, vous avez vu, comme il est lourd ce martinet, de loin, on dirait une grosse poule !

Son regard est revenu vers Léa, il la fixait, c'est comme s'il n'arrivait plus à détacher son regard d'elle.

Pensait-il comme moi qu'elle était amusante avec ces histoires d'oiseaux tombés ou blessés qu'elle trouvait n'importe où, dans tous les parcs, les squares ? Plissait-il les yeux pour mieux apercevoir ce tatouage en forme de papillon bleu qui se découvrait dans le creux de ses reins, juste là où son jean taille basse s'abaissait et son t-shirt remontait ?

Se disait-il comme moi que Léa était vraiment charmante dans ses pantalons à poches, sa fraîcheur de vingt-cinq ans et ses tongs rouge fluo ?

Elle a levé les bras vers le ciel, l'air était brûlant. L'oiseau s'est envolé, elle l'a jeté comme si elle envoyait une salade en l'air, avec force. Le martinet déjà n'était plus qu'une ombre noire dans le ciel

Nous sommes montés dans la voiture comme des pantins. Nous avons mangé les derniers kilomètres de route. Nous ne parlions plus. À la radio, le Chanteur était interviewé. Il parlait d'inspiration, d'écriture, de consonance. J'ai sursauté en reconnaissant sa voix. Olivier a tourné la tête, m'a fait un clin d'œil. Il m'interrogeait du regard, on le dit à Léa ou on ne lui dit pas ? J'ai fait non d'un simple mouvement de tête. Des mots venaient, se cognaient dans ma tête comme des chauves-souris prises dans la lumière. Une chanson a suivi les derniers mots du Chanteur. Il venait d'annoncer son nouvel album pour l'année prochaine. J'ai entendu mon cœur battre dans mon ventre.

Le ronron léger de la voiture me berçait. J'ai pensé « ni ne se lasse, ni ne se casse le tic-tac » puis, illico « passage, passage d'enfer, fer à cheval, cheval de Troie ». Pas facile d'écrire, ou plutôt d'imaginer une chanson. Il suffit pourtant de quelques secondes, d'une émotion, un rayon de peur ou d'euphorie, et le souffle peut surgir, des paroles écrites sur un coin de table, qui vous surprennent par la force de leur évidence et la facilité avec laquelle on les a rédigées. Ça arrive. Ce sont souvent les meilleurs textes. Mais ce jour-là, ça ne venait pas, je butais, répétant « Ni ne se lasse, façade, maussade, une passade, palissade, lapalissade, malice. » Je me perdais en refrains et vers, choc et frotti-frotta de mots, de consonances.

Sur les ondes un écrivain a succédé au Chanteur. Il commentait cet événement exceptionnel qui allait avoir lieu. Jusqu'au Moyen Âge, disait-il, l'éclipse totale était considérée comme un phénomène divin et mythologique. Les Indonésiens comme les Chinois pensaient qu'un énorme dragon gobait le soleil. En Sibérie, la population imaginait qu'il s'agissait d'un vampire. Et au Vietnam c'était, pensait-on, une grenouille géante qui avalait l'astre solaire. Enfin une autre voix a enchaîné, une voix de journaliste, jeune, que nous ne connaissions pas, sans doute une remplaçante d'été. Nous respirions à peine, attentifs, elle parlait de cette journée qui arrivait, de ce demain si particulier dont d'un coin de la planète à l'autre, nous nous souviendrions jusqu'à la fin de nos jours. À dix heures cinquante, expliqua-t-elle, le Concorde décollera de Roissy. Son plan de vol est d'une précision rigoureuse. Il permettra à cent privilégiés, médecins, ingénieurs, astronomes amateurs, étudiants en école d'aéronautique et bénéficiaires de cadeaux de mariage de vivre au cœur d'une éclipse totale à la vitesse de 2 200 kilomètres-heure et à l'altitude de 17 000 mètres. Ce, pendant huit minutes, précisément entre douze heures et douze heures huit. C'est comme un rendez-vous pris depuis des années entre le Concorde et l'ombre filant à 3 000 kilomètres-heure. C'est magique ! a hurlé Léa et nous avons tous entonné le refrain *Nuit magique* de Catherine Lara.

5

La maison, volets fermés, ressemblait à un épouvantail triste, un lieu sans vie, déguenillé. La pelouse était couverte de feuilles mortes. Nous avons ouvert les fenêtres, l'air s'est engouffré entre les murs, Olivier a fait chauffer de l'eau. Nous avons dans l'instant décidé de nous coucher tôt. Oh, oui, comme ça demain on sera en super-forme !

Léa s'est isolée dans la chambre du fond, celle que nous avions réservée aux Henry. Elle est ressortie de la pièce une dizaine de minutes plus tard. Elle jubilait, parlait vite, j'ai réussi à avoir Louise au téléphone. Elle m'a rappelée sur la valise satellite, ça va, elle va bien, elle m'a dit que je lui manquais, je crois que cette fois on est dans une vraie histoire d'amour, je n'arrive pas à me passer d'elle, quand tu penses qu'elle n'est partie que ce matin et je suis déjà en manque...

Léa a parlé du reportage que voulait faire Louise sur la situation des civils dans le pays. Elle était à la fois excitée comme un enfant qui attend sa cousine pour aller au MacDo et interdite comme un animal pris dans les phares d'un camion. Elle s'est laissée tomber sur le vieux fauteuil club, les yeux grands ouverts. Elle voyageait en un ailleurs que nous ne connaissions pas. L'amour ? La peur ? Le boulot ? Ses parents ? C'était la première fois que je la voyais sans expression, les traits plats. Elle a parlé et dans sa voix se déployait une frayeur longtemps tenue secrète. Elle disait que le mois dernier, en Israël, Louise avait échappé de justesse à un attentat, elle était dedans, dans la foule, quand ça a sauté, elle a couru, couru, vous imaginez l'angoisse, elle a perdu son micro dans la course, et elle m'a appelée de son hôtel, dans la foulée, elle était rentrée en quelques minutes à peine, elle pleurait, elle avait peur, parlait de sang, de chair arrachée, j'ai écouté, j'ai fait comme si tout allait bien ici, elle craignait que je sois inquiète, s'excusait, pardonne-moi, pardonne-moi de te charger de tout ça, ça va passer, c'est le risque, je n'avais qu'à me mettre plus loin, je sais que dans toute foule ici, il y a un risque, je suis avertie, excuse-moi de t'appeler pour me plaindre, je n'aurais pas dû, tout va bien...

Léa a baissé la tête, elle a continué à nous raconter l'effroyable instant vécu par Louise et les caméras de télévision présentes qui, déjà, sur tous les écrans de la planète, diffusaient les images de l'attentat, en direct. Nous l'écoutions dire son inquiétude alors qu'elle, Léa, à Paris, le combiné de téléphone sur l'oreille, la voix et les pleurs de Louise dedans, se précipitait vers la télécommande de la télévision, se branchait sur la chaîne tout info. J'ai évidemment vu les images. Je me suis mise à trembler. Dans ces drames, ce qui est hallucinant, c'est que les images déferlent tout de suite. Dans chaque blessé, amputé, mort, je voyais ce à quoi Louise avait échappé. Depuis je fais des cauchemars. Mais il ne faut pas lui dire, hein, vous ne lui direz pas, il faut qu'elle continue son travail, je ne voudrais pas qu'elle arrête pour me soulager, surtout pas, je respecte trop cette profession et son choix.

Léa s'est tue. Dans ses yeux, cette lumière, des taches noires comme deux martinets trop lourd.

Pourquoi ne nous en avait-elle pas parlé ?

Avant Louise, Léa nous disait tout.

Dehors la nuit s'installait. En Normandie, pas de pollution. Nous respirions mieux. Léa s'est redressée, on fait un feu de cheminée, un feu de cheminée au mois d'août, c'est sympa ! Vous êtes OK ? Oui, oui, Léa, belle idée. La tête surplombée de ce chapeau indien qu'il n'arrivait décidément jamais à quitter, Olivier fouillait dans un placard. Il cherchait une plaque de chocolat. Elle s'est levée, le fauteuil a basculé sur le côté, demain il faudrait qu'Olivier recolle son pied.

Champagne ? Olivier a fait un clin d'œil à Léa, champagne ou pas ? Léa bâillait, pas ce soir, je vais me coucher, je vais... rêver d'elle ! Et on a entonné tous les trois *J'ai encore rêvé d'elle* de Il était une fois.

Envie de thé vert vanillé avant de dormir. J'ai fait bouillir de l'eau en chantonnant, me suis assise, seule dans la cuisine, face à la pendule, silencieuse. Pourquoi les Henry ne nous donnaient-ils pas de nouvelles ? Qu'ils soient mal élevés était une chose. Cette fois ça dépassait les bornes.

6

C'était le jour de l'éclipse, dans les médias on ne parlait que de ça, de ces régions qui voyaient les touristes arriver par milliers, particulièrement en Normandie où l'éclipse serait totale. Complets étaient les hôtels, et pris d'assaut les trains, les voitures de location. Personne ne voulait rater ça. Les journaux avaient relayé et tricoté les fantasmes et distribué des milliers de lunettes en carton. Le phénomène céleste glisserait comme une ombre de Terre-Neuve à Bombay, passerait au-dessus de nous, à onze heures. Nous devions tous protéger nos rétines, il y avait eu autrefois, au Moyen Âge, des cas de grands brûlés, des gens qui avaient regardé tout droit, bien en face, le soleil pendant sa course folle, leurs rétines avaient cuit.

Jour d'éclipse, la première fois que cela m'arrivait. Olivier disait qu'on allait vivre ensemble la plus belle chose qui soit, le soleil recouvert par la lune.

Léa portait un jean à poches, plus nous la fréquentions plus les poches semblaient être nombreuses sur ses jeans. Il est hyper ton pantalon,

Léa ! Oui, j'adore, c'est Louise, un cadeau de Louise. Tu veux le même ? Non, non, on aurait l'air de quoi habillées de la même manière ! Léa s'est assombrie, elle s'interrogeait, que vivait Louise à cette heure précise ? J'espère que son reportage se passe bien, j'écouterai la radio ce soir, entendre sa voix, savoir ce qui se passe dans la région où elle est. Logiquement, Louise doit trouver ce qu'elle veut. Elle s'est interrompue, est partie d'un grand rire, hé, la caméra, elle ne va pas tomber ? Non, Olivier, elle est stable. J'ai répondu dans un souffle, j'étais tout à coup triste, je ne savais pas pourquoi.

Ce jour d'éclipse, Léa sirotait un sirop d'orgeat et Olivier ressassait, c'est fou, à force de passer du temps avec nous, elle finit par te ressembler !

Moins trente minutes avant l'éclipse, nous scrutions le ciel, le cadran de nos montres, le chemin qui amenait à la maison. Les Henry n'étaient toujours pas arrivés. Olivier a installé des coupes à champagne, a sorti du réfrigérateur tout ce que j'avais acheté la veille chez le traiteur à Paris. Du solide mais frais, genre terrine de légumes et de poisson. Nous allions fêter l'événement. C'était un moment dont nous nous souviendrions jusqu'à la fin de nos jours.

J'ai contrôlé la stabilité de la caméra. Je l'avais posée sur un rocher, une caméra toute simple avec écran de contrôle tout de même et un stabilisateur d'images. J'avais décidé de laisser tourner. L'éclipse était longue à venir. J'avais peur que la batterie ne s'épuise.

J'ai regardé ma montre. Moins quinze minutes, bientôt moins dix minutes, moins quatre minutes. J'ai éteint la radio, le calme était palpable, la nature se taisait, comme avant un orage. J'ai noté dans mon petit carnet : « t'as mis tes fesses dans un transat », et « à développer » des mots, un refrain envahissaient mes pensées.

Le téléphone a sonné... Pourquoi n'avais-je pas coupé mon portable ? Mais les Henry, on attendait les Henry, pourvu qu'ils ne soient pas en panne !

Pas de Henry, mais mon assistante, Zoé, mon assistante aux jupes roses, orange, vert pomme fluo, si courtes que les garçons de la radio l'appelaient « chat-prend-l'air » ; Zoé très sympathique, très fraîche mais si cancanière que ça en devenait un gag. Elle connaissait tout de la vie et des amours de Brad Pitt, du chiffre d'affaires du restaurant de Céline Dion. C'était son truc les people. Zoé était restée à Paris pour l'éclipse, elle disait que c'était « naze » d'aller parcourir des kilomètres pour voir ça, à Paris, sur la terrasse de la radio, on pourrait la voir, moins nettement c'est sûr, mais la voir quand même.

J'ai regardé le ciel, il s'assombrissait. Ah Zoé, c'est toi, bonjour ! Dis donc, comment elle s'appelle la nana de Léa, ce ne serait pas Louise A. ? Zoé avait bien articulé le prénom, le nom de famille, avec toutes ses syllabes. Pourquoi me demandait-elle ça, en pleine éclipse ?

7

La lune couvrait déjà largement les trois quarts du soleil. Bordel, elle n'allait quand même pas me faire rater l'éclipse avec ses commérages ! Je me suis énervée, écoute Zoé, on est en pleine éclipse, rappelle-moi plus tard ! Zoé avait la voix blanche alors qu'elle prononçait ces mots : je crois bien que c'est elle... qui a été tuée, tu sais, dans ce pays, ils viennent de le dire aux infos, tuée par une kalachnikov...

J'ai pensé, ou dit, je ne me souviens pas, qu'est-ce que tu racontes, ce n'est pas possible ! Ça ne pouvait pas arriver, pas à Louise tellement vivante, lundi, elle riait sur la terrasse, elle était amoureuse, elle avait parlé de régime... elle n'avait même pas repris de poulet massala. Et elle aimait Léa. Zoé, je te vire si tu me racontes une connerie !

Ça ne ressemblait pas à un mensonge, ou à un commérage, Zoé pleurait, jurait que des soldats avaient tué Louise. Reporter de guerre, bien sûr, on avait tous pensé que ça pouvait arriver... Mais pas là, pas amoureuse comme elle l'était. Enfin, c'est impensable une chose pareille !

J'ai fixé Léa, Olivier, les transats, l'éclipse qui continuait son chemin, les vaches couchées, à nouveau Léa flûte entre les doigts, la vie qui se déroulait normalement, ça paraissait incroyable que tout reste normal tout à coup. J'ai respiré, fermé les yeux, viré la paire de lunettes en carton qui était restée sur mon nez. C'est pas possible, pas possible...

J'entendais à peine ce que disait Zoé, ce n'était pas la guerre, c'était un braquage, un braquage à la con, Louise était dans la voiture d'une journaliste de la télé, c'est ce qu'ils ont annoncé, il y avait aussi un photographe, ils ont été arrêtés à la sortie d'une ville, on les a braqués, je te dis, braqués, on leur a pris leur portefeuille, après ils les ont mis à genoux plus loin, ils ont tiré, Louise a été la dernière des trois, tu te rends compte, c'est horrible, elle a eu le temps de voir les autres se faire tirer dans la tête à la kalachnikov, elle a eu le temps de se rendre compte... Zoé, Zoé, tu racontes n'importe quoi ! Mais non, mais non, je te jure ! J'ai raccroché.

Olivier a crié. Il était furieux. Raccroche bordel, t'es chiante, tu manques le plus beau moment de l'éclipse, c'est quoi de ne pas savoir profiter de ce qui est beau ? Il s'est tu, m'a fixée, dis-moi, c'est pas les Henry tout de même qui appellent en pleine éclipse ? Ils ont eu un accident ? Non, non, pas les Henry, rien d'important, Olivier.

Mes pensées s'affolaient, des chauves-souris tout au fond de ma boîte crânienne, et si Louise avait besoin de nous joindre d'urgence, peut-être devrais-je appeler un hôpital dans ce pays, lui envoyer un médecin, quelqu'un ? Mais comment fait-on pour appeler un médecin aussi loin ?

Le champagne était ouvert. Il ne coulait pas à flots, non, il m'attendait tandis que la lune recouvrait le soleil. Partout dans le jardin, au-dessus de la maison, plus loin au-dessus du village, la nuit s'installait. Rien n'avait changé entre cet « avant » et cet « après » l'annonce de la mort de Louise. Tout était intact, les fleurs, les arbres, le sol, les transats, Olivier, Léa. Il faisait juste un peu plus frais. Rien n'avait bougé. Pas de tremblement de terre et c'était incroyable d'être obligé de le constater.

Je me suis reprise. Non, impossible, il y avait une erreur, forcément une erreur, ce n'était pas elle, c'est une autre fille, ils se sont trompés, la journaliste tuée n'est pas Louise, la journaliste tuée est une autre fille qui avait sur elle les papiers de Louise !

Mais pourquoi, pourquoi aurait-elle les papiers de Louise dans sa poche ? Louise avait dû lui prêter sa veste...

J'ai foncé aux toilettes, Olivier, Léa ne vous inquiétez pas, je reviens. Mais où tu vas chérie ? C'est pas vrai de manquer l'éclipse ! Je vais aux toilettes, Olivier ! C'est tout, fous-moi la paix !

Je me suis enfermée, assise sur la cuvette. Je fixais le clavier de mon téléphone portable.

J'ai appuyé sur « répertoire » puis sur « Louise ». La boîte vocale s'est mise en marche. Vous êtes bien sur le répondeur de Louise A., *Please, leave your message. I'll call you back as soon as possible.* Sa voix était claire. J'ai pensé « bien vivante » et j'ai laissé un message. Où t'es Louise, rappelle-nous Louise... Louise, euh, qu'est-ce qui se passe ? Je ne comprends pas.

J'avais envie de vomir.

Je me suis relevée. Une goutte de transpiration coulait dans mon dos, un filet glacé. J'ai rejoint le jardin. Le soleil était totalement recouvert par la lune. Exceptionnel ! articulait Olivier béat. Ce qu'il était beau dans l'obscurité, les yeux recouverts par ces lunettes en carton... Léa, bouche grande ouverte vers le ciel, ne parlait plus. Comme si je devais, avec un marteau, faire entrer un ballon de rugby dans le chat d'une aiguille, je me répétais que oui c'était vrai, je devais y croire, c'est vrai, c'est pas un délire, on vient de l'annoncer à la radio, aux infos, sans doute juste après que j'ai éteint le transistor pour profiter de l'éclipse, calme-toi, respire, laisse-les regarder l'éclipse, après, après tu leur diras... ou Olivier... oui, Olivier ira le dire à Léa... fousleur la paix maintenant... laisse l'éclipse, laisse encore ce moment à Léa, elle avait tellement envie d'en profiter de cette éclipse... Louise est morte...

Mais s'il était encore temps de trouver une solution, de réparer ça tout de suite ? il faut que je vérifie, que j'écoute France Info.

Je me suis reprise, non, non, il ne faut surtout pas et surtout pas non plus que Léa écoute la radio, réponde au téléphone, si jamais, espérons-le, l'info était fausse ?

Léa... Avait-elle coupé son portable ?

Vous n'allez tout de même pas me coller dans un gilet pare-balles chaque fois que je pars ! Je me souvenais, Louise avait ri en prononçant ces mots, lundi soir sur la terrasse.

Mon téléphone sonnait dans ma poche. Je l'ai saisi, l'ai fixé un instant, pas la force de décrocher. J'ai attendu. Au loin, un chien hurlait, comme un loup, un loup affamé. Enfin l'icône indiquant qu'un message avait été déposé s'est affichée sur le cadran de mon portable. Je l'ai écouté, simple pression discrète de l'index. La voix de mon réalisateur tremblait. Appelle-moi, y a un problème à propos de Louise A., as-tu écouté les infos ? Je sais que Léa est avec toi, il y a un drame qui la concerne.

On ne pouvait donc rien faire, rien, rien, c'était vrai, c'était comme ça, comme la lune qui passait devant le soleil, c'était arrivé, arrivé pour de bon. J'ai éteint l'appareil, n'ai pas rappelé Charles. Il fallait que je réfléchisse. À quoi ? À qui ? Je ne savais pas, je ne savais plus. J'ai glissé le mobile au fond de ma poche, ne pas le rallumer ça ne va plus cesser de sonner, de vibrer, Olivier, vite, il faut que je te dise. Les mots virevoltaient apeurés comme des papillons de nuit. Je voulais appeler, Olivier, Olivier au secours, mais impossible, ma bouche ne s'ouvrait plus, mes jambes tremblaient. Et puis Olivier était tellement absorbé par l'éclipse.

Je regardais Léa hurler de joie et battre des mains comme une enfant, se resservir du champagne. Nous fixions tous les trois le ciel.

Olivier s'est retourné, qu'est-ce que tu fous ? Mets tes lunettes, t'es dingue de regarder le soleil en face. Il avait mis son bras autour du cou de Léa. L'instant était pur et beau qui les unissait, en cette seconde, rare, sur les transats, sous ce ciel noir, au milieu de ces pâquerettes qui s'étaient refermées. L'arrosage automatique des voisins n'en finissait plus de faire la cigale. J'ai pensé « papa », moi qui n'avais pas vu le mien depuis un an, il s'était remarié six mois plus tôt, sans me le dire comme d'habitude, quatrième mariage, il me manquait, j'étais bien obligée de l'admettre, papa tu n'es jamais là quand il faut, tu ne l'as jamais été.

Olivier, aux côtés de cette grande fille qu'était pour lui Léa, avait soudain l'air d'un papa dans l'obscurité de cette Normandie aux contours escamotés.

C'était surréaliste, cette caméra, les Henry qui n'arrivaient pas, la nuit, les vaches qui s'étaient couchées, les chauves-souris qui volaient bas au-dessus de la table collée au mur de la maison, les pétales des fleurs qui se refermaient et Léa qui enfilait soudain un pull. Léa hurlait de joie, ça y est, ça y est, regardez, génial ! la voilà, l'éclipse, vite, vite, champagne, champagne, ça va nous porter bonheur cette éclipse !

Ce qui est incroyable, c'est que l'éclipse totale de soleil a eu lieu à l'instant précis où j'ai raccroché. La caméra tournait.

Je tournais en boucle, les mots affluaient comme des jets de sang, Louise a été mitraillée, mitraillée par des soldats armés de kalachnikov, je sais, ça fait film, ça ressemble à un mauvais film, pourtant ça n'en est pas un, c'est la réalité, c'est quoi cette horreur, comment ça a pu arriver ?

Comment allais-je annoncer ça à Léa ?

Qu'allions-nous faire d'elle, de sa vie, de la vie après l'éclipse ?

SECOND TEMPS

Léa, Olivier et moi

1

L'éclipse a continué son chemin vers l'Inde. Un joli trajet que commentait Olivier, un peu saoul, de l'éclipse et de tout ce champagne qu'ils avaient bu. Il m'a frôlée, t'es *out* toi quand tu t'y mets, c'est pas vrai que t'as répondu au téléphone au lieu de regarder cette merveille ! C'est la dernière du millénaire ! Tu te rends compte que ça ne se reproduira pas avant 2081 ! On sera tous morts !

Il m'en voulait. Était furieux, je n'avais pas su vivre avec lui, près de lui, l'intensité du moment, cette découverte. T'as raté ça, t'as raté ça, c'est pas vrai ! C'était magique, tous les animaux se sont couchés, la lune paraissait glisser dans le ciel, et t'as pas vu, t'as pas vu... Ses yeux brillaient.

Mais si j'ai vu, Olivier, j'ai quand même vu, ne t'inquiète pas.

L'éclipse avait rafraîchi l'atmosphère. J'ai saisi un pull qui traînait sur un transat, l'ai posé sur mes épaules. Je me forçais à sourire. La paix, il me fallait du calme, faire ralentir mon cœur, cette pression, ce pouls dans mes tempes qui tapait, tapait, tapait. J'allais tomber dans les pommes, ça venait, je le sentais, j'allais m'évanouir.

Enthousiaste, ému, fébrile, Olivier s'enthousiasmait encore et encore. Il disait que la lune en recouvrant le soleil ressemblait à une paupière qui se refermait sur le jour. Olivier continuait, enthousiaste, il commentait, ému, fébrile, j'adore ça, la lune s'est glissée sur le soleil, les oiseaux ont arrêté de chanter, je veux revoir ça, je veux revoir ça un jour dans ma vie, c'est un miracle, la nature est un miracle permanent, t'as vu, t'as quand même vu ma chérie ? Il suppliait.

L'éclipse, ils l'ont vue,
Mais n'ont pas entendu,
Le cri de Louise.

Dans un nouveau soupir d'extase, il s'est dirigé vers la cuisine, bon, on va quand même aller te chercher ta surprise ! C'est le jour ! Mais franchement, ma chérie, je me demande si tu la mérites !

Je me suis appuyée au bord de la table, me suis assise. J'ai saisi un verre d'eau qui traînait sur la nappe brodée de tournesols, ma fleur préférée. Léa riait, c'est magnifique, c'est géant, j'en ai pris plein les yeux, en laçant ses nouvelles baskets, achetées en soldes en juillet, des chaussures blanches immaculées comme elle les aimait, mais l'herbe les avait déjà un peu tachées. Ma surprise, quelle surprise ? Que me cachaient-ils tous les deux ? Cela avait-il un rapport avec le silence des Henry ? Quelque chose se tramait-il dont les Henry faisaient partie ?

Éclipse, elle s'appelle Éclipse ! Léa riait. Olivier l'a rabrouée, ah non Léa, il ne faut rien dire.

Je me suis raidie, je ne comprenais rien à leurs jeux de gosses. J'en avais assez. Il fallait que je parle d'urgence à Olivier. Parler, dire à Olivier, hurler la priorité, Olivier, viens, il faut que je te parle !

Il ne m'a pas répondu. Il a filé vers la voiture, s'est installé sur le siège avant gauche, déjà le moteur démarrait et Léa sautait à l'arrière. Ils riaient à gorge déployée et j'étais perdue, face à eux, face à ces vivants si heureux d'être là et de me faire une farce. Fallait-il que j'attende leur surprise ? Fallait-il que je ne leur gâche pas leur joie dans la minute, ne devais-je pas les laisser être encore un peu heureux ? Ne fallait-il pas que j'attende pour annoncer la monstrueuse nouvelle ?

Je pensais, je ressassais, j'avais envie de hurler, mon ventre se déchirait, j'avais mal, mal pour Louise tombée à la guerre, criblée de balles, pourvu qu'elle soit morte sur le coup, mon Dieu, Allah, Bouddha, avez-vous fait attention à ça, l'avez-vous protégée, avez-vous fait attention qu'elle ne se rende compte de rien ? Louise comment ça a pu arriver ? Comment l'annoncer à Léa ? Puis, dans la foulée en regardant Olivier et Léa : de toute façon, si elle est vraiment morte, autant que Léa gagne encore une demi-heure de bonheur dans sa vie, une demi-heure de plus, ça fait déjà ça de bonheur en plus... Et je les ai rejoints.

Le principal ennemi devenait l'autoradio. Je ne voulais pas que Léa l'allume, elle allait entendre, forcément entendre les infos. Il ne fallait pas qu'elle l'apprenne de cette manière, pas comme ça, non. Je suis montée dans la voiture. Personne, moi vivante, n'allumerait cette radio aujourd'hui.

Olivier a serré les mâchoires, je suis quand même super-inquiet au sujet des Henry, pas vous les filles ? Tu as bien ton portable, chérie, ils n'ont que ton numéro... T'as encore de la batterie ? T'imagines, ils sont peut-être à l'hôpital, et s'ils étaient dans le coma ou morts... Léa a ricané. Tu lis trop de romans noirs, Olivier ! Les Henry sont en retard, d'accord, mais t'inquiète, je suis sûre qu'il n'y a rien de grave, ils sont malpolis, c'est tout ! Ils profitent de vous et ne sont même pas un minimum corrects !

La mer rageait, c'était comme une ombre sonore. Léa et Olivier n'en finissaient plus de se raconter cet incroyable phénomène céleste qu'ils avaient pu observer.

Je n'ai pas demandé où on allait. Je m'en moquais. La voiture a fait une embardée sur la côte, le vent s'était levé. J'aimais cette petite route, j'adorais selon les saisons y voir le paysage changer, se colorer, se décolorer.

Olivier paraissait nerveux. J'ai pensé qu'il serait peut-être bienvenu que la voiture s'écrase sur le bas-côté. Si on tombe, si on meurt, Léa ne saura jamais ce qui est arrivé à Louise, c'est peut-être mieux.

Je me suis souvenue qu'enfant, à l'école, j'espérais toujours une bombe, en pleine interrogation écrite, mais ça n'arrivait jamais.

Alors ? Ta surprise, t'as pas envie de savoir ? Olivier me regardait, il souriait. Que fallait-il répondre ? Je me suis lancée. Euh, oui, j'aimerais bien savoir, de quoi s'agit-il, quelle surprise ? Combien de temps encore allait-il falloir que je fasse semblant, que je leur laisse croire que rien dans la vie de Léa n'avait changé ?

Léa jubilait, mystérieuse, tu penses quoi du mot Éclipse ? Excuse-moi, Léa mais je ne comprends pas ce que vous me racontez tous les deux ! Olivier était sérieux comme un druide. Éclipse, ça ferait une belle chanson, non, ma chérie ? Il n'allait tout de même pas parler du Chanteur, de mes projets, à Léa, là, en plein drame ?

Ça commençait à bien faire, il fallait avancer, vite, résoudre cette histoire de surprise, et dire, puis sans aucun doute rentrer à Paris, les parents de Louise étaient-ils déjà au courant ? Il fallait enchaîner, faire semblant de vivre. Mais de quoi vous parlez, Léa, Olivier, je ne comprends rien ? On parle du chiot, a gloussé Léa.

Nous avons dépassé un groupe de vélos, les cyclistes en cirés jaunes chantonnaient. Je me suis redressée, du chiot ? du chiot de quoi ? qu'est-ce que vous racontez ? Vous ne pensez pas qu'il y a des choses plus importantes, plus graves sur terre. Et je me suis écroulée, sur moi-même. Prisonnière de ma ceinture de sécurité, je pleurais. J'avais mal à la gorge, mal au ventre, je geignais en silence, pliée en deux. Comment c'est possible, non c'est pas vrai, pas possible.

Mais qu'est-ce qu'il y a, ma chérie ? Qu'est-ce que tu as ? Olivier interrogeait et ses mots me frappaient de plein fouet, me déchiraient les oreilles et le ventre. Dire c'est faire exister. Une phrase de psy entendue à la radio que j'avais retenue. Si je dis, je fais exister, si je dis, je fais exister, faut pas que je dise, pas que je parle.

Qu'est-ce qu'il y a, ma chérie, t'es malade ? Olivier a freiné, a garé la voiture, Léa ne disait rien. Je me suis retournée, lui ai souri comme si ce pauvre rictus pouvait la rassurer. Le khôl avait débordé sous les yeux de Léa, je l'ai remarqué alors qu'Olivier me faisait sortir du véhicule, viens, sors de là, ma chérie, allons un peu plus loin, il faut que tu m'expliques, qu'est-ce que tu as ? Et nous sommes allés, doucement, collés tous les deux, vers la petite église où, comme dans un grand conciliabule, quelques centaines de mouettes s'étaient rassemblées.

Bon alors ? Sa voix était lourde, aussi lourde que l'oiseau que Léa avait sauvé la veille. Les vagues étaient fortes dans ma tête, les barrages s'effondraient. Louise, Olivier, il faut que je te dise... Quoi, que veux-tu me dire, que se passe-t-il ? Il est arrivé quelque chose aux Henry ? C'est ça ? dis-moi bordel ! Non, non, pas aux Henry, Olivier, pas aux Henry... Olivier, écoute, viens près de moi, serre-moi dans tes bras... Louise a eu un problème, un gros problème.

Olivier m'a saisie, son torse contre ma poitrine et ses mains sur mes épaules, il murmurait, un problème, quel problème ? Je ne voulais pas m'effondrer, pas encore, surtout pas, attendre, être forte, il le fallait, pour protéger Léa. Léa qui nous regardait assise dans la voiture, elle jouait à l'enfant, faisait des grimaces. D'un coup, d'un seul coup, sec et froid comme un coup de feu, parce que ça fait trop mal de dire un truc pareil, j'ai lancé, ce fut comme un scud dans ma tête. Ils ont tiré avec une kalachnikov, c'est passé aux infos, Louise est morte.

Un chat blanc a traversé la rue, j'ai pensé il n'est pas noir. Olivier a hoqueté. C'est pas vrai, c'est pas vrai, pourquoi tu mens, pourquoi tu veux nous faire du mal ? Et il m'a repoussée.

2

Je te jure, Olivier, je te jure, c'est vrai, demande à Léa de sortir de la voiture, et mets la radio, tu pourras vérifier, ils doivent en parler sur la chaîne info.

Ma gorge, mon ventre, tout en moi se déchirait, et criait pas ça, pas ça, pas Louise. Olivier m'a serrée plus fort, il a murmuré qu'il ne doutait pas, il a répété, je te crois, je te crois. Mon Dieu, bien sûr que je te crois, ma chérie, pourquoi tu me raconterais des conneries pareilles, si tu me le dis, c'est que c'est vrai. Que s'est-il passé ? Qu'est-ce qu'on peut faire ? Comment l'annoncer à Léa ?

Ses bras sculptaient de larges dessins dans l'air. L'espace devenait soudain le plan dans lequel il plaçait ses interrogations. Il faut qu'on appelle la rédaction de Louise, qu'on sache exactement ce qui s'est passé, si c'est vrai, avant de lui dire quoi que ce soit. J'ai murmuré OK, Olivier, OK. Il a fermé les yeux, le soleil était moins chaud ; en août, en Normandie, il n'est jamais vraiment brûlant.

Une musique a éclaté dans la voiture. Léa avait allumé la radio. Elle pouvait d'un instant à l'autre entendre l'info. Non ! pas comme ça, il ne faut pas qu'elle l'apprenne comme ça !

Olivier a foncé dans la voiture, j'étais derrière lui, comme une assistante, une aide possible, il a tendu son bras pour éteindre l'autoradio, pas de bruit, Léa, s'il te plaît pas de bruit, profitons de l'ambiance, écoute la mer, écoutons le vent et les oiseaux. Il a juste eu le temps d'entendre, au zoo de Berlin, convaincus que l'heure était venue d'aller couver, les mâles autruches sont allés relever leurs compagnes et se sont couchés...

Une douleur intense, comme une douleur de règles, me coupait soudain en deux.

Plus un son, juste ce souffle de l'air, comme un orage qui se prépare. Mon foulard s'est envolé vers la mer, je l'avais mal noué. Par la vitre, Léa m'a souri. J'ai évité son regard. J'ai allumé mon téléphone, composé le numéro de la rédaction de la radio, je me suis présentée. J'ai posé l'ignoble question, qu'est-il arrivé à Louise A. ?

La voix du rédacteur en chef contenait toutes sortes de sursauts, de hoquets. Il disait que Louise avait été tuée avec deux autres journalistes, c'est un braquage, un braquage à la con, qu'est-ce que je peux vous dire, c'est affreux... des soldats les ont arrêtés, leur ont piqué leurs portefeuilles, leur argent, ils les ont tués l'un après l'autre, une bombe venait d'exploser à quelques dizaines de mètres derrière eux, ils ont paniqué, a témoigné le chauffeur de la voiture... Lui est indemne, il est du pays, ils ne l'ont pas touché... Voilà, mademoiselle, tout ce que je peux hélas vous dire. Je comprends, monsieur, excusez-moi, mais vous avez prévenu sa famille ?

Léa, Léa, avait-il appelé Léa ? Un message l'attendait-il dans la boîte vocale de son portable ?

Oui, mademoiselle, évidemment, ses parents sont au courant... à ce propos vous, vous ne connaîtriez pas le nom de son ami, elle vivait avec quelqu'un, paraît-il, mais la famille ne sait pas. Oui, oui, elle vivait avec son amie, enfin sa copine, oui je la connais... Quoi ? qu'est-ce que vous dites, une copine, comment ça une copine ? Jamais entendu parler, je le saurais, nous étions très liés Louise et moi...

Louise est morte à la guerre,
Léa cassée vit sous terre,
Qu'est-ce qu'on peut faire ?
Faut-il parler ou bien se taire ?

Lentement, le plus lentement possible, j'ai rejoint la voiture. Je n'arrivais plus à réfléchir. Louise était morte, cette fois, c'était sûr. J'ai fait un signe à Olivier. Il a compris, a baissé la tête. Léa a recommencé, hé, on se magne, la surprise attend !

Peut-être à cause du vent, peut être à cause du coucher de soleil sur la mer, peut-être à cause des mouettes qui paraissaient bavarder plus que jamais, peut-être parce qu'enfin je m'étais délivrée de cette horreur, le mot « chiot » associé à celui de « surprise » a claqué dans ma tête. Un fouet. J'ai compris que Léa et Olivier avaient commandé un chien, un petit cocker américain, à l'élevage voisin. Un élevage qu'on avait visité tous les trois quelques mois plus tôt. À l'époque Louise était en Algérie, Léa avait passé le week-end avec nous. Elles s'étaient embrassées pour la première fois. Léa en était encore bouleversée. J'avais craqué sur la boule de poils noirs, regarde Olivier, elle a juste une petite tache blanche dans le cou ! C'est une merveille, ce qu'elle est mignonne et drôle, on dirait Belle de *Belle et le Clochard* !

Trente-cinq ans, j'avais eu trente-cinq ans un mois plus tôt. L'année de l'éclipse. Forcément Olivier et Léa appelaient le chien « Éclipse ». Ton cadeau d'anniversaire, bon d'accord un peu en retard ma chérie, tu verras, tu vas être aux anges mais n'essaie pas d'imaginer ce que c'est, tu ne trouveras pas, je sais déjà que tu vas être super-contente ! Au milieu du mois, ma chérie, tu l'auras, je ne peux pas te dire pourquoi si tard...

Avais-je encore envie d'un chien ? Pourquoi aujourd'hui ?

On a redémarré. Une migraine montait sous l'œil droit d'Olivier. Ne vous en faites pas les filles si je suis un peu silencieux, c'est ce mal de tête. J'ai proposé de le remplacer au volant. Il a refusé.

Qu'est-ce que c'était beau cette nuit couvrant le jour, et en plus il va y avoir cette surprise, Éclipse, ça claque c'est bien comme nom ! Léa ressassait. Sentait-elle un malaise s'installer ?

Olivier et moi ne parlions plus, ne soupirions même plus, ne nous enthousiasmions même plus à l'idée d'aller chercher la surprise. Face à l'église, aux mouettes, Olivier m'avait dit que oui, c'était plus humain de lui annoncer ce soir, plus tard, après avoir été chercher le chien, elle se fait une joie de t'offrir ce cocker, d'ailleurs elle en a payé la moitié, elle a insisté, elle voulait s'investir dans cet achat. Elle m'en offre une moitié mais laquelle ? Olivier qu'est-ce que tu racontes ? Des mots étaient sortis de ma gorge que je ne comprenais plus. J'étais obsédée par les heures qui venaient. Par l'avenir de Léa.

Où allait-elle dormir ce soir, demain, après-demain ?

Elle allait craquer cette nuit, forcément, hurler, et demain pleurer, se jeter contre les murs, que devions-nous faire pour l'aider, l'accompagner ?

Comment, sans son amour, pouvait-elle vivre désormais ?

Qu'allait-il advenir de leur appartement ?

Elles venaient d'emménager, le bail était-il aux deux noms ?

Comme s'ils étaient gelés, Olivier pliait dépliait ses doigts, mais, je le savais, c'étaient son cœur et sa chair qui criaient au froid, se tétanisaient devant cette mort à laquelle nous avions du mal à croire.

Elles avaient tellement envie de se pacser, la loi devait passer dans les mois à venir, elles l'attendaient avec impatience. Je ne cessais de me le répéter, pas eu le temps de se pacser, foutues lois qui passent trop tard.

3

La grille bleu pâle de l'élevage s'est ouverte devant notre voiture. Une caméra cachée quelque part avait sans aucun doute annoncé notre arrivée. Le grincement de la porte, les nuages qui flottaient au-dessus du toit gris, le jardin comme retourné par cent groins de porc, tout ici était lugubre.

Léa scrutait l'endroit, jurait que cet endroit lui rappelait quelque chose, ça y est, ça me revient, ça me fait penser à un polar lu dans l'avion en allant en reportage à Cuba. C'est l'histoire d'un couple. Ils arrivent dans une propriété, toutes les portes s'ouvrent devant eux. Il n'y a personne dans l'endroit et soudain un mec arrive, habillé en gardien de musée. Il leur dit qu'ils sont une bien belle œuvre d'art, il ne sait pas où il va les accrocher et par quel lambeau de chair. Tout le bouquin raconte comment ils vont échapper à ce type qui s'est présenté gardien de musée d'œuvres humaines vivantes et trépanées !

Je me suis redressée, mais Léa c'est horrible ton truc ! Non, non, pas horrible, c'est un très bon livre ! D'abord ça veut dire quoi horrible, y'a rien de vraiment horrible, si ce n'est notre manière de percevoir les choses, y compris la mort, non ? Regarde les bouddhistes, ils ne vivent pas l'horrible comme nous...

Ces débats sur tout et rien, comme je les avais aimés ! Et comme soudain ils devenaient insupportables.

Pourquoi attendions-nous ? Pourquoi continuer à vivre cette journée comme si rien ne s'était passé ? Pour qu'elle gagne un jour ! Ce que nous avions souhaité.

La protéger.

Un petit panneau affichait des mots peints en violet : « Chiots à vendre, pedigree lof. » Léa battait des mains comme une enfant de six ans, je veux être la marraine !

Il ne fallait pas prendre ce clébard, j'en étais certaine. Mais comment faire ? Que dire ? Je n'osais plus croiser le regard d'Olivier. Il fixait le jardin, comme paralysé sur place. T'as un torticolis ou quoi ? T'es tout raide Olivier ! Léa ne pouvait-elle pas cesser un instant de parler ?

Sur le côté de la maison, nous nous sommes garés. Sac de croquettes pour chiens et chiffon dans les mains, la propriétaire de l'élevage est sortie de la bâtisse. Il y avait d'étranges filets de papier journal qui flottaient au-dessus de sa tête, accrochés à ses cheveux. Sa voix était rauque, excusez-moi, je ne suis pas présentable, j'étais en train de nettoyer la nursery.

La nursery ? Vous avez une nursery ici ? Léa déjà interrogeait.

La dame accompagnait ses paroles de moues grotesques. Oui, nous avons une nursery, c'est en fait l'enclos pour les chiots. Vous voyez, j'ai une machine spéciale pour découper les journaux en lambeaux, ça fait de belles litières pour les bébés, mais quand je nettoie, à tous les coups je ramasse du papier sur moi !

Dans la cuisine, une jolie pièce habillée de couleurs beige et bleu, la dame nous a invités à entrer, dites donc, vous qui êtes journalistes, il s'en passe et du pas beau, j'écoutais juste la radio... Olivier l'a interrompue, il paniquait, avait-elle entendu l'info concernant Louise ? C'est sympa votre maison, une maison comme dans les livres d'enfants, avec des rideaux à carreaux rouges et un banc vert entre deux rosiers, collé à la façade. Une belle maison normande... comme on en voit dans les journaux de décoration prestigieuse. Félicitations, madame. Et comment va Éclipse ? On est venu pour ça quand même et on ne demande pas de nouvelles de la chienne !

Le sang dans les tempes, ça recommençait, cette impression de perdre pied. J'ai respiré, me suis calmée. La dame était passée à un autre événement, Éclipse vous attend ! Génial ! Où est-elle ? Comment elle va, j'ai vu sur Internet qu'elle avait pris deux cents grammes.

Léa avait consulté Internet !

Elle racontait en suivant la dame dans ce couloir qui menait à la nursery. La dame avait un site « au petit cabot » où elle décrivait au jour le jour le quotidien de ses « petites pousses » comme elle les appelait. Éclipse est une sacrée sportive, et intelligente avec ça ! Super, sportive et intelligente, n'est-ce pas ce qu'il faut dans la vie ?

Plus loin, dans une grande pièce meublée de parcs pour enfants, jouaient et piaillaient des chiots de toutes les couleurs, du noir, au blanc, en passant par le roux. Léa se passionnait. Le toilettage, c'est quatre ou cinq fois par an ? Quelles sont les caractéristiques de la race ? Qu'est-ce qu'un pedigree ? Et le lof, c'est quoi le lof ? Que Léa était bavarde ! Elle ne s'arrêterait donc jamais de poser des questions ?

J'ai osé, mais pourquoi tu le prends pas toi le chien, Léa ? Elle a sursauté. J'aimerais bien, tu sais, mais je ne peux pas, je suis tout le temps en reportage et puis Louise est allergique aux poils de chien... J'ai ouvert la bouche, étonnée, ah bon, je comprends Léa, je comprends, dommage.

Éclipse dans les bras, Olivier minaudait, tu es jolie, tu es trognon, toi. Il berçait la petite chienne, ému. Je regardais les doigts d'Olivier sculptant la robe du chiot. Je pensais « son index, son majeur, son pouce, des petits soldats qui savent tout faire, même bricoler ». Et les deux syllabes de « soldat » me faisaient penser à Louise. Je la voyais tombant sous les balles. Je chassais l'image, mais elle revenait. Le sentiment d'irréalité surgissait à nouveau, l'idée qu'il y avait une erreur. Louise n'était pas morte. Il faudrait encore vérifier.

Regarde comme elle est belle, regarde ses pattes ce qu'elles sont molles, regarde ses cils, comme ils sont longs. Léa commentait, chuchotait, radieuse. Il est vrai que la petite chienne avait grandi depuis un mois. Olivier l'a tendue vers moi, tiens prends-la, tu vas voir, elle est très légère. Non, non, plus tard, plus tard, je suis inquiète pour les Henry, je vais consulter mes messages dehors et je reviens, promis. Oui éloigne-toi, c'est mauvais ces ondes pour les bébés chiens. Léa avait des théories sur tout.

Comment faire rebasculer le temps en arrière ? Comment effacer ce mauvais film, revenir à la scène de lundi, empêcher Louise de partir dans ce pays ? J'avais froid, le ciel s'obscurcissait, lourd de nuages. Leurs exclamations me parvenaient. J'adore ses oreilles, ce qu'elles sont grandes !

Vous avez deux nouveaux messages ; je me suis crispée.

Un collègue m'informait, Louise était morte, un soldat avait tiré, un soldat qui voulait son portefeuille et que le bruit d'une bombe avait paniqué. Il parlait de l'« accident de Louise ».

Le nom de celui qui avait déposé le second message m'était inconnu. Bonjour, je suis un ami de Louise, je travaille à Genève, je vais faire la une de mon journal sur le décès de Louise A., je crois savoir qu'elle avait une petite amie, pouvez-vous me rappeler, mon numéro est le... Mon ami François Klein, il a dîné avec vous il y a quelque temps, il m'a dit que vous devriez avoir des photos de l'amie de Louise A., une certaine Léa... Ah oui c'est lui qui m'a donné votre numéro.

Comment François Klein avait-il accepté de lui donner mes coordonnées ? Comment a-t-il pu ?

J'ai raccroché. Le ciel se parait d'une aura violette.

Je me suis retournée vers la baie vitrée. Léa était-elle toujours là-bas, avec ce chien, cette dame, loin de tous ces coups de fil, loin de cette horreur, de ces larmes qui coulaient sur ma joue ?

Je revoyais le visage de ce garçon, François Klein, qui nous avait rejointes alors que nous dînions, Léa, Louise et moi dans un restaurant de Pigalle. C'était la seconde fois que je voyais Louise. Elle était détendue. Je ne l'ai jamais revue à ce point sereine. Elle revenait de je ne sais plus quel pays. François Klein, une relation de travail, était assis à la table à côté, il ne perdait pas une miette de notre conversation, les yeux fixant son assiette de nems et de feuilles de menthe. Louise avait évoqué avec sobriété ce Prix qui l'aidait maintenant à imposer ses sujets à sa rédaction et puis aussi cette impossibilité d'emmener Léa avec elle en reportage, il ne fallait pas que leur relation se sache au boulot, plus tard, oui, mais pas maintenant, surtout pas cette année où elles bossaient toutes les deux dans le même service, elles étaient en plein changement de direction, non, ce n'était pas le moment... À la rentrée, elles travailleraient dans des rédactions différentes, elles n'auraient plus à se cacher.

Je me souviens, François Klein avait fait tomber un morceau de pain dans le sac de Louise posé sur le sol. Il s'était baissé pour le ramasser, excusez-moi, excusez-moi. Et avait enchaîné, vif comme un gardon, saisissant l'occasion. Oh mais vous ne seriez pas Louise A. ? Et il s'est installé à notre table.

En quittant le restaurant, je lui ai donné ma carte, parce qu'il me la demandait, simplement parce qu'il me la demandait.

À peine avais-je refermé mon portable qu'il sonnait à nouveau. Le nom de la mère d'Olivier apparaissait sur le cadran de mon téléphone. Elle devait avoir entendu les nouvelles à la radio et s'être inquiétée de constater que le téléphone de son fils était maintenu fermé. Il fallait que je réponde. J'ai décroché.

Mme Le Gougec appelait de Moscou, ses vacances se passaient merveilleusement bien, elle parlait TGV, très grande vitesse verbale, elle voulait savoir, tout savoir de ce qu'on faisait, qui était avec nous, pour ce jour tellement particulier de l'éclipse, elle regrettait tant de n'avoir pu rentrer plus tôt, comme cela était prévu, les contacts et adresses qu'elle devait récupérer pour son agence de voyage lui avaient pris plus de temps que prévu, vous savez je ne voulais pour rien au monde manquer ce moment avec vous, une éclipse totale de soleil, notre maison en Normandie, cette maison que j'aime tellement. Papa, qui était comme vous breton, mais ça vous le savez ma petite comme vous n'ignorez pas qu'il avait épousé une Normande, ma mère, j'insiste, j'insiste, c'est tellement, tellement... fou ! Eh bien papa a été si heureux dans cette demeure à la fin de sa vie... Ciel, comme le temps passe... Et vous, ça va, ma petite ?

J'ai répondu. Oui, tout va bien. Mais c'est un hoquet mâtiné de sanglots qui a surgi. Qu'est-ce qui se passe, mon petit ? Il a été méchant avec vous, mon Olivier ? Non, non, Françoise, non. Je fixais ma main gauche. Vous êtes enceinte de mon fils, c'est ça ? C'est ça ! Et il n'en veut pas ! Nous allons nous battre, ma belle, son père m'a fait la même chose ! Et, au résultat, Olivier est bien content d'être sur terre, non ? Pour la mère d'Olivier une femme malheureuse l'était forcément à cause d'un homme. Toute sa vie, ce chapelet de peines, de tristesse, de déceptions d'homme en homme. Non, c'est pas ça, juste, juste... j'ai hésité... juste une entorse, j'ai une grosse entorse. Passez-moi Olivier, je vais lui dire ce qu'il faut faire, a-t-elle vrombi. J'ai murmuré : Je ne vous entends plus. J'ai raccroché.

De nouveaux messages s'étaient accumulés sur mon répondeur. Ma main collait au combiné du téléphone, je transpirais, j'avais mal au ventre, mes jambes me paraissaient se dérober. J'ai écouté. Oh quelle horreur, disait France, surtout dis à Léa que je pense à elle. Hélas je ne peux pas l'accueillir à la maison ce soir. Pouvez-vous vous en occuper ? Dès demain je prends le relais si ça vous arrange, mon appart est à sa disposition, le temps qu'il faudra. Je pense à vous tellement fort, je ne sais pas comment réagir, est-ce que je dois l'appeler ? Le sait-elle ou l'ignore-t-elle encore ?

Nous en occuper ? Bien sûr qu'on s'en occupait... J'ai compté : France, une amie. Nous : deux amis. Égale trois, comme si j'effectuais une check-list avant un décollage. La check-list d'un futur, du futur de Léa ? France était l'amie d'enfance de Léa. On pouvait compter sur elle. J'ai éteint le portable. J'avais arrêté de fumer depuis dix mois, il me faudrait une bonne clope, là, pour reprendre mes esprits. Et soudain j'ai vu Olivier et Léa...

4

Je n'oublierai jamais,
L'image dans mon sommeil,
Vient, me réveille,
Un coup de fouet.

Olivier debout, berçait Léa, contre son torse. Et Léa serrait le chiot dans ses bras. Et Léa hurlait, non, non, c'est pas vrai, c'est pas elle, elle est pas morte, pas Louise, Louise n'a pas été tuée, c'est pas vrai, dis-moi que c'est pas vrai !

Olivier tenait la nuque de Léa de la main droite. C'était comme dans un film. Mais ce n'était pas un film.

Puis ils ont marché, quelques mètres, se sont arrêtés devant une énorme jardinière. Ils se penchaient parfois vers le sol d'un mouvement commun, calme et lourd, comme s'ils étaient en apesanteur. Olivier était calme. Il me paraissait plus grand que d'habitude. Léa, elle, semblait affolée, comme s'il y avait un frelon dans la pièce. Ses gestes étaient amples, désordonnées.

La dame se tenait à trois mètres d'eux, les yeux grands ouverts, sa paume droite plaquée sur sa bouche, je suis désolée, je suis désolée.

Elle avait donc parlé de la mort des trois journalistes.

Léa serrait le chiot contre elle. Éclipse tirait la langue, elle avait trop chaud, elle respirait mal.

Je les ai rejoints, je retenais ma respiration, j'aurais voulu sourire, calmer ce sang de Léa qui devait bouillir en elle. Nous nous sommes assis sur le petit banc en pierre qui, placé sur le côté de la longère, semblait venir d'un autre âge. Il était couvert de mousse, un escargot rampait sur son pied droit. Olivier a parlé, sa voix était douce, paisible, il tenait Léa par l'épaule. J'ai pris sa main. De l'autre paume, j'ai caressé Éclipse. Ses yeux regardaient à droite à gauche, en l'air, en bas, à toute vitesse, agités. Affolés. Olivier a juste articulé ces mots, ce jargon de journaliste, l'info est tombée, Léa. C'est vrai Léa ce que dit la dame, je te jure c'est vrai, elle l'a bien entendu à la radio, Louise a été... Léa a lâché le chien. Il a couiné en atterrissant sur le sol.

Non, non, qu'est-ce que tu me racontes, c'est pas vrai, dis-moi que c'est pas vrai Olivier !

Le cri de Léa, ce hurlement, ce fut animal, un loup désespéré, la douleur d'une bête coupée en deux

Le corps de Léa, secoué de tremblements et de hoquets, c'est encore aujourd'hui insoutenable à évoquer. Devant une telle douleur, on a honte d'être impuissant, simple humain incapable de rien d'autre que de prendre par la main, dans les bras, de caresser les cheveux. Souffrir avec l'autre n'est pas mourir avec lui.

Je croyais le contraire avant cet événement. Ce point de rupture, au final, dans notre vie à tous, les amis de Louise, les amis de Léa.

J'ai vomi. Olivier tenait Léa sur le banc. Elle se débattait. Elle tapait ; avec ses mains, ses bras, ses pieds, elle donnait des coups, des coups dans l'air, des coups dans cette saloperie de vie, des coups sur son propre ventre et Olivier l'en empêchait, elle allait se faire mal, il fallait qu'elle se calme, mais comment calmer le volcan ?

Vous avez peur de la mort ? m'avait demandé autrefois une psy. J'avais répondu : De la mort des autres, de ceux que j'aime, oui, de la mienne, non... Elle avait insisté, c'est-à-dire ? Et bien, docteur, je vois ça comme un espace ressemblant à celui dans lequel nous sommes avant la naissance... Quand on n'était pas né, où étions-nous ? On s'en moquait de la vie. Il n'y a pas à avoir peur, on revient dans le néant d'avant notre premier cri. Vous n'avez pas tort mademoiselle, mais pour les croyants c'est forcément autre chose.

La psy. Ne fallait-il pas que Léa prenne rendez-vous avec un psy ? Léa croyait-elle en Dieu ?

La dame n'en finissait plus de se moucher dans ce torchon avec lequel elle avait nettoyé le cadre d'une cage. Je suis désolée, je suis désolée, je ne savais pas, j'ai dit ça parce que je l'avais entendu à la radio et que vous m'aviez dit la dernière fois que vous étiez journalistes, alors j'ai pensé que ça vous intéressait, je ne pouvais pas penser que vous la connaissiez, Louise A., je suis désolée, excusez-moi, mon Dieu, c'est horrible, je vous donne un autre chien si ça peut aider, non je dis des bêtises, pourquoi je dis encore une chose pareille, laissez tomber pour le chien, je vous le rembourse, pas de problème.

Léa s'est éloignée vers la voiture. Elle s'est assise à l'arrière. Je me suis installée à côté d'elle. Elle tremblait. Elle s'est collée contre moi. Le chien la regardait.

Elle n'était plus que murmures et sursauts, et hoquets. Il faut le garder, il faut le garder, vous n'allez pas l'abandonner là ? Oui, Léa on va le garder, on va le garder. Tant mieux, ça me rassure, je vous aime, je vous aime. Nous aussi, on t'aime Léa, on t'aime, on est avec toi.

Éclipse se laissait porter comme un bébé. La bretelle d'autoroute était à cinq cents mètres de l'élevage. Nous avons décidé de rentrer à Paris avec le cocker, sans repasser par la maison normande. Nous reviendrions la semaine suivante pour la fermer. Léa a insisté, elle voulait écouter les infos, en avoir le cœur net. Elle a répété plusieurs fois la formule, en avoir le cœur net. Elle caressait Éclipse, l'embrassait sur la truffe, scandait douloureusement, ma pauvre petite chienne, ma pauvre petite. Le chiot léchait ces mains qui la flattaient, ces doigts baignés de sel de larmes. Ma petite, ma pauvre petite. C'était comme si Léa se parlait à elle-même.

5

À la radio, on ne parlait que de ça, trois journalistes ont trouvé la mort à la suite d'un braquage qui a mal tourné. Les trois noms ont été donnés. Quand celui de Benjamin a été prononcé, Léa a hurlé, sa femme était enceinte, c'est horrible, c'est horrible. Elle n'a pas réagi quand celui de Louise a été donné, elle n'entendait pas, elle ne voulait sans doute pas entendre. Olivier a coupé le son. Léa chuchotait, se parlait à elle-même, il faut que j'appelle la femme de Benjamin, c'est une horreur pour elle, comment va-t-elle tenir le coup ? Il faut que je l'aide...

Elle serrait le chiot dans ses bras comme un bébé, le berçait. Gueule entrouverte, Éclipse se laissait faire. Léa ne pleurait pas, elle avait l'air ailleurs. Sa peau hâlée tranchait avec la couleur beige clair du siège de la voiture. Ses lèvres caressaient l'oreille gauche du chiot, chuchotaient, tu sais Éclipse, Louise part toujours sans gilet pare-balles, où que ce soit, elle n'y pense même pas, ou quand elle y pense, elle rigole, mais attends ça pèse des tonnes un gilet pare-balles, tu vois Éclipse, c'est ça qu'elle dit

Louise, et pourtant ils avaient insisté à la radio, faut que tu partes avec un gilet Louise, c'est pas si lourd !

Un rire nerveux et sec la secouait, un rire du diable aurait dit ma mère. Le chiot tremblait, il avait peur, j'ai tendu les bras, donne-le-moi, donne-le-moi, il est pas bien. Certainement pas, tu ne l'aimes pas, tu ne l'as même pas caressé ! Les yeux de Léa étaient comme des mitraillettes.

Et elle a cessé de parler. Comme on cesse soudain, en apnée involontaire, de respirer. Et elle a interrogé, on est le combien aujourd'hui ?

11 août. Un marque-page désormais dans sa chair.

Un onze août c'est pas un quinze août,
Un populaire quinze août,
Pas le coup d'être tuée,
Un pauvre petit onze août.

À mi-chemin, il a fallu prendre de l'essence. Éclipse dans le creux de son ventre, Léa dormait sur la banquette arrière. Olivier m'a regardée, viens avec moi, prenons des sandwichs, elle va avoir faim quand elle va se réveiller, non ? Pourquoi on a adopté ce chien, Olivier, pourquoi ?

Les bras chargés de sandwichs de toutes sortes, pain de mie, pain suédois, baguette, poulet, thon, jambon. Nous sommes passés à la caisse. Olivier avait fait le plein de boissons, coca, thé glacé à la pêche, les boissons favorites de Léa. Mais comment tu sais que Léa aime tout ça ?

Je le sais, pas toi ? Non, pas aussi précisément Olivier.

Il cherchait sa carte bleue. J'avais oublié la mienne dans la voiture. Une musique inondait l'endroit, rendant plus doux la violence blanche des néons, puis la mélodie s'est arrêtée, une voix, un journaliste à la radio revenait sur les titres. Trois journalistes ont trouvé la mort, parmi eux deux femmes et un homme, la reporter française Louise A., le photographe suisse Benjamin Géfraud et la journaliste espagnole Marcella Ligueras, nous sommes terriblement émus, la profession rend hommage à ces professionnels qui dans l'exercice de leur fonction ont été tués, nos pensées vont bien sûr à leur famille...

Impassible, Olivier a composé son numéro de code sur la machine que le type de la station-service lui tendait. L'homme commentait, ses joues luisantes de transpiration ballottaient quand il secouait la tête, moi je vous le dis, ils n'ont qu'à pas y aller dans ces pays, ils savent ce qu'ils font et après on nous en bassine les oreilles, c'est comme les otages, c'est nous au final qui payons pour eux et comme... Nous n'avons pas entendu la suite, nous avons claqué la porte. Le ciel orageux paraissait plus bas qu'il ne l'était quelques minutes plus tôt. Mâchoires crispées Olivier murmurait sa colère, j'ai vraiment envie de lui casser la gueule à ce con, quel con ! Quelques centimètres derrière lui, dans son ombre, je réprimais une envie de sangloter, « à leur famille, nos pensées vont à leur famille », ils avaient dit ça à la radio, et Léa, ils n'adressaient donc aucun mot à Léa ? à ceux et celles qui, comme Louise et Léa, ne vivaient pas une relation « dans les normes » ? Pourquoi ils n'avaient pas dit « nos pensées vont à leur amour », Léa, elle était quoi là-dedans ?

Nous avons rejoint le parking arboré où nous avions laissé la voiture. Il y avait quelque chose de désuet et de surréaliste dans le fait qu'il fasse beau dehors, que les automobilistes filent sur l'autoroute, que les vies des autres ne soient pas altérées par la mort des trois journalistes. Le soleil est incongru quand vient de mourir un père, un fils, un amour, un ami.

Sur le siège arrière, Léa s'était réveillée, elle écoutait son portable. Elle gémissait, tous ces messages, tous ces messages, vous n'imaginez pas, il y en a tellement, et dedans, c'est pas possible, y a la voix de Louise, elle me dit que tout va bien, qu'elle m'aime, qu'elle est en voiture avec deux journalistes super-sympas et que le portable passe là où elle est, elle dit que c'est miraculeux, y a du réseau, ça passe ici !

Léa a posé son front sur le chiot, ses cheveux ont recouvert Éclipse qui a couiné, s'est révoltée, débattue. Que disait-elle dans ses petits cris et grondements, lâche-moi Léa, ne me serre pas si fort, je suis vivante moi, ne mets pas en moi toute ton angoisse ? Le mutisme de l'animal...

Léa a relevé son visage, ses cheveux, puis s'est redressée : à quelle heure on lui a tiré dessus ? À quelle heure, dites-moi ? De combien est le décalage horaire entre ce pays et le nôtre ?

6

Paris était vide, la lune pleine éclairait le boulevard. Nous sommes sortis de la voiture. Olivier bâillait. L'air était encore chaud. Un peu plus loin quatre ados plaisantaient, t'as vu la meuf, elle te mitraillait, c'est ouf !

Mitrailler. Quel mot ! Jamais plus je ne l'emploierai, je me le suis promis, juré, craché, plus ce verbe, le langage est un dangereux inconscient.

Un homme toussait quelque part dans l'un de ces immeubles dont les fenêtres étaient ouvertes ; un bébé pleurait ; un piano et ses gammes parvenaient à nos oreilles. Léa s'adressait au chien comme à un enfant, tu arrives chez toi Éclipse, je ne te lâche pas, *sorry*, tu connais pas encore la ville, on verra plus tard.

Elle a murmuré sans nous regarder, et ce fut comme le souffle d'une feuille au moment où elle tombe de l'arbre, il faudra poser du papier journal dans la cuisine, sinon elle va pisser partout.

Éclipse, le regard tendu vers nous, haletait. Léa l'a embrassée sur la truffe, une truffe hors-la-loi, trois quarts noire, un quart rose.

Olivier a ouvert la porte de l'ascenseur. Ses yeux étaient bordés de deux petits lacs vert-bleu qui dessinaient sa fatigue. Sa barbe avait déjà un peu poussé. Il s'est tourné vers moi, tu sais, chérie, on est vraiment très mal garés, j'espère qu'on ne va pas se prendre un PV.

Léa est entrée dans l'ascenseur. Ses cheveux en bataille laissaient entrevoir des racines brunes. Et Louise, était-ce une vraie blonde ? Je me suis sentie rougir. J'ai respiré un grand coup comme si quelqu'un avait pu entendre mes pensées. J'ai lancé : C'est chiant ces PV qu'on nous colle tout le temps dans le quartier, quand on était au Panthéon, on n'en avait jamais. Y a des politiques dans le coin, c'est sans doute pour ça aussi que les impôts locaux étaient moins chers.

Olivier a posé son bras autour du cou de Léa. Il tapotait son épaule avec sa main.

Dans le hall d'entrée, nous avons entendu le chien de la gardienne aboyer. Éclipse a grondé, ses oreilles de cocker n'arrivaient pas à se redresser.

La dernière fois que Léa et moi avions pris cet ascenseur, Louise était là. Elles s'embrassaient.

Quand retournerions-nous en Normandie ? Avions-nous fermé le gaz avant d'aller à l'élevage ? Je ne me souvenais plus... Je réfléchissais « en chasse-neige », un terme que j'aimais inventé par Léa car il me paraissait bien traduire le mouvement maladroit d'une pensée qui freine avant de s'exprimer. J'avais gardé l'expression que je trouvais amusante. Léa possédait une boîte à outils extraordinaires de mots, de phrases imaginées. J'adorais : « Elle est glaciale cette femme, du genre à s'appeler Findus ! » ou encore : « Elle pourrait être faxée tellement elle est plate... »

Dans l'ascenseur, cette nuit-là, coincée entre elle et le chiot, Olivier et le miroir collé à la paroi, je me suis juré, toute ta vie, toute ta vie, tu seras disponible et présente pour Léa.

Le visage de Louise souriant est revenu dans mes pensées. J'imaginais, à Paris ou dans une autre ville de France, d'Espagne, des familles qui pleuraient leur enfant journaliste mort à la guerre. Combien en mourait-il par an pour l'info ? Mangeant des chips devant notre télé comme si l'actu était de la real TV, étions-nous conscients de l'importance du travail des journalistes, de leur prise de risque ?

Ma bouche était sèche. Je monologuais en silence, c'est une horreur, l'actu informe et distrait en même temps, le monstre est cannibale et consomme tellement vite, nous sommes des monstres, nous consommons de l'actu.

L'ascenseur faisait des bruits inquiétants, quand donc allait-on le changer ? Les appels d'offre avaient été lancés, quand les travaux commenceraient-ils ? Cet appareil trop vieux était un danger, la gardienne nous avait prévenus, il avait lâché peu de temps avant notre installation dans l'immeuble, d'un coup était descendu à toute vitesse, avec en son ventre une dame et sa fillette, elles n'avaient été victimes que de contusions. Au troisième étage, nous avons entendu « ta gueule » crié très fort. Le voisin râlait à propos du chien de la gardienne qui aboyait trop souvent. Éclipse s'est remise à haleter en fixant le visage de Léa.

Arrivés devant la porte d'entrée, doucement, Léa a posé la chienne sur notre paillasson, voilà tu es chez toi, Éclipse. La minuterie s'est arrêtée. J'ai appuyé sur le bouton. La lumière crue accusait le profil et les traits en creux d'Olivier. Il tournait, retournait la clé dans la serrure. Mais quelque chose bloquait. Il insistait, patient, puis il s'est énervé. Pourquoi cette porte ne s'ouvrait-elle plus ? Ce n'était vraiment pas le moment ! Ça ne va pas commencer la guerre des objets ! Quand tout va mal, le matériel s'en mêle, à tous les coups, vous n'avez pas remarqué ?

Je lui ai retiré doucement la clé des mains, lui ai souri, clic-clac, en appuyant sur le chambranle de la porte, j'ai réussi à l'ouvrir. Il avait fait très chaud tout l'été, le bois s'était rétracté.

Sur la terrasse, le basilic piquait du nez, la nappe de l'avant-veille était toujours là, posée sur la table, et le cendrier et les mégots de Louise. J'ai foncé. Léa m'a regardée l'enlever, ôter aussi les photophores rouges

Elle a couru, d'un seul mouvement, s'est dirigée vers mon bureau. Un de ses lacets défait traînait derrière elle, j'ai murmuré quelque chose, des mots tout simples qui voulaient dire fais attention, tu vas tomber. Quand elle gardait mon chien malade, elle dormait dans cette pièce, son parfum alors imprégnait le couvre-lit, l'oreiller et j'aimais le sentir. Attends-moi

Léa, je vais installer le lit. Pas la peine, je me débrouille, m'a-t-elle répondu dans un hoquet.

À pas lents, je l'ai rejointe, je devais être avec elle, je ne pouvais faire autrement, c'était plus fort que moi. Visage enfoui dans un coussin, elle était à plat ventre sur le canapé-lit. J'ai posé ma main sur ses cheveux et les ai caressés. Tu ne veux pas appeler tes parents, Léa ? les prévenir ? Elle n'a pas relevé la tête mais son ton était ferme, non, pas question, tu rigoles, et je ne veux pas qu'ils soient au courant... c'est pas leurs oignons, de toute façon, ils ne sont jamais présents quand il le faut... juste quand ça leur rend service à eux. Je n'ai pas envie de les voir... ça vous embête si je reste quelques jours ici ? Non, non, Léa, tu restes ici, enfin quoi c'est évident !

Elle s'est relevée, a fait quelques pas dans la pièce, et s'est assise sur une pile de livres que je voulais trier. Léa a posé sa main sur son front, l'attitude du *Penseur* de Rodin. Un penseur soudain pris de tremblements.

À quelques mètres, dans le salon ou la cuisine, Olivier parlait. Il demandait un médecin et sa voix était rocailleuse, comme asséchée, oui, vingt-cinq ans, oui, la respiration, de l'asthme, une grosse crise, vingt-cinq ans, en face du métro Pigalle, sur le boulevard, oui numéro 12, non y a pas de code.

7

Pourquoi avez-vous dit au standard de SOS médecins qu'il s'agissait d'une crise d'asthme si ça n'en était pas une ?

Le médecin interrogeait. Olivier s'est excusé, désolé mais l'asthme ça fait peur, les médecins arrivent plus vite. L'homme a hoché la tête, si tout le monde fait comme vous alors...

Olivier lui a murmuré quelques mots à l'oreille. Je n'ai pas entendu ce qu'il disait. Le médecin déjà redressait la tête, oui, oui, je comprends, où est-elle ?

Olivier l'a conduit vers la chambre. Il expliquait la situation : la guerre, le reportage, l'amour. J'écoutais sans bouger et des lames de couteaux me traversèrent de part en part.

Les journalistes tués, vous savez, docteur, vous avez entendu les infos, eh bien... Comment expliquer ? Léa était la petite amie de l'un d'eux... Le médecin s'est inquiété, ils ont des enfants ? Non, non docteur, pas d'enfant, ce n'est pas un couple traditionnel, euh... ce sont deux femmes, oui deux femmes, docteur, elles vivaient ensemble, c'est affreux ce qui leur arrive est affreux... Ah, je vois. Le médecin a soupiré. Il a raconté.

Sa nièce était lesbienne. Son amie était décédée dans un accident de voiture. La famille lui en avait fait voir de toutes les couleurs. Jamais il n'aurait imaginé que ce soit possible. C'est comme s'ils avaient eu besoin, et ce sont des gens intelligents je vous jure, que quelqu'un paye pour ce décès. Un accident de voiture, ma nièce n'y était pour rien, vous pensez ! La famille lui a demandé de rendre de l'argent, une chaîne hi-fi, des disques et de payer le loyer tout entier. Il était hors de question qu'ils en règlent l'autre moitié. Alors je l'ai aidée. Pendant six mois. Parce que c'était vraiment dur. Puis elle est partie vivre en Inde. Elle m'envoie des cartes postales. J'espère qu'elle va rencontrer quelqu'un...

Le médecin se voulait rassurant, mais ne vous en faites pas, ça n'arrive pas chaque fois, y a des gens bien sur terre. Et puis Mitterrand est passé par là, grâce à lui les homos ne sont plus considérés comme des malades. Il s'est interrompu, a repris, son ton était traînant, comme las, au fait, j'écoute la radio dans ma voiture, j'ai vu sur la sonnette ce nom. Ça ne serait pas celui de la fille qui lit des romans la nuit ? Je l'écoute tout le temps mais je n'ai jamais la fin de l'histoire. Y a toujours un patient qui m'attend quelque part... Olivier a répondu. Non, non, docteur, c'est le même nom mais c'est pas la même personne. Olivier toujours protecteur, je l'aimais aussi pour ça, cette manière de m'éviter toute confrontation inutile avec les aspérités de la vie. Il me protégeait.

Silencieux, il a fait une piqûre à Léa. Il ne lui a posé aucune question. En partant il nous a demandé de l'obliger à manger quelque chose quand elle se réveillerait. De l'accompagner chez son généraliste, elle devait bien avoir un médecin. Il faudrait sans doute l'envoyer chez un psy ou la mettre sous antidépresseurs, ensuite espérons que ça se passe bien avec la belle-famille ce sera un soulagement. Ses yeux paraissaient s'être éteints comme la planète du *Petit Prince*.

Il portait un costume beige, Éclipse en mâchouillant le bas de son pantalon l'avait sali. Mallette à bout de bras, il nous a quittés, a chuchoté un « bon courage » bourré de compassion. Olivier lui a souri, son pauvre rictus mal formé m'a bouleversée. Olivier, mon amour, ai-je pensé.

La porte s'est refermée sur nous, nous nous sommes regardés. Pas un mot n'arrivait à sortir de nos gorges. Et pourtant, nous avions tant de choses à nous dire, tant d'interrogations dont nous n'aurions jamais les réponses. Mon ventre criait, ma poitrine criait, mes yeux criaient, ma gorge criait mais mes cordes vocales paraissaient tétanisées. Olivier, lui, semblait être en apnée. Pour qui avions-nous si mal ? Pour Louise ? Pour Léa ? Nous connaissions si peu Louise... Et nous souffrions tant... Je m'interrogeais. Je devais l'admettre, je ne supportais pas la douleur de Léa. Comme Olivier sans doute. Et pas la mort d'une journaliste, de Louise...

Il a fait quelques pas vers le salon, s'est assis sur le bras du vieux club que nous avions récupéré dans la rue quelques semaines plus tôt, un beau club brun, râpé, patiné dont la paille s'échappait par le dessous. Nous adorions,

Olivier et moi, chiner la nuit dans les rues du XVIe arrondissement où les Parisiens du quartier délaissaient des dizaines de meubles et objets encore en bon état. Une activité nocturne qui nous amusait une ou deux fois par an. La mère d'Olivier détestait ce hobby. Ça ne vous dégoûte pas toutes ces choses mitées ? Non, maman, répétait inlassablement Olivier, on adore ! J'aimais Olivier quand il tenait tête à sa mère.

Assis de guingois sur l'accoudoir du fauteuil, les yeux fixes, la bouche entrouverte, Olivier ne bougeait plus. Il ressemblait à un animal fatigué qui n'arrive plus à relever son cou.

Au bout d'une demi-heure, ses membres se sont déliés, son corps s'est déplié, c'était comme s'il souffrait de toute sa chair, de toutes ses articulations, comme après une longue séance de sport, il paraissait avoir mal partout. En soupirant, il s'est arraché à ses pensées, tu sais, ma chérie, avec la piqûre, elle va dormir douze heures d'affilée.

Je me suis collée contre lui, il respirait à peine, il a posé sa tête contre la mienne. Nos yeux débordaient des larmes retenues. Et impossible d'arrêter le film, ces images dans ma tête, Louise riant face au Sacré-Cœur, parlant des fédérés, Louise se levant pour aller chercher un pull dans son sac, Louise éteignant son portable, Louise embrassant Léa sur la bouche. Et ce geste si particulier, comme une signature, quand elle relevait d'un coup de nuque la mèche de cheveux qui lui tombait sur le visage.

Combien de fois avaient-elles, Louise et Léa, rêvé leur vie future, tous ces projets qu'elles concevaient, dans l'amour, rien que toutes les deux collées l'une contre l'autre la nuit, parce que bordel Louise était amoureuse, folle amoureuse, prête à tout pour vivre avec Léa, prête à mourir pour elle tant elle l'aimait.

Mais voilà Louise était morte, morte pour rien, à cause d'un portefeuille, de l'argent volé par des soldats, morte en faisant son métier, mais même pas morte pour son métier micro au poing, et encore moins morte par amour. On l'avait volée à Léa. Je ressentais une affection soudaine pour Louise, bien plus forte que celle qui, désormais, appartenait au passé et me liait à elle. La mort exacerbait donc les sentiments... Louise, Louise, je te promets, je vais la protéger, pour toi, pour toi Louise.

Olivier s'est dressé, d'un coup. A enfilé un peignoir, a foncé vers la chambre où dormait Léa. Je l'ai suivi, ai pris sa main, c'est monstrueux, Olivier, c'est quoi cette vie de merde qui tue comme ça, Louise était jeune, c'est dégueulasse, Olivier, Olivier qu'est-ce qu'on peut faire ? Rien, ma chérie, on ne peut rien faire, juste être là pour Léa.

Dans l'encadrement de la porte, nous sommes restés, pantins debouts, immobiles, à la regarder dormir. Ses cheveux étalés sur l'oreiller blanc autour de son visage faisaient une corolle. C'était la première fois que quelqu'un dormait sous ce Bouddha, une statue ancienne qu'Olivier avait posée sur la grande table de nuit. Un Bouddha magnifique, de grande taille, vingt kilos de bois doré sur lequel couraient des fils argentés. Olivier me l'avait offert pour mon anniversaire. Il l'avait vêtu d'un grand sari orange trouvé dans un magasin indien, cette boutique qui lui vendait les meilleurs films de Bollywood. Je ne connaissais pas ou à peine la vie de Bouddha mais l'objet, sa position m'étaient apparus si nobles, si ouverts, que je m'étais sentie sereine.

Léa dans le lit respirait doucement, aussi doucement qu'un petit chat. Elle était calme, les joues, les yeux gonflés, rougis par toutes ces larmes, ces cris, cette douleur.

Dans quel état allait-elle se réveiller demain ? Ne fallait-il pas que l'un de nous, Olivier ou moi, soit présent quand elle ouvrirait les yeux ?

Va te coucher, ma chérie, je vais regarder un film, essayer de me calmer, comment tu te sens toi ? Comment je me sens ? Dans un cauchemar, Olivier, je me sens dans un cauchemar.

Dehors la lune éclairait la rue, une voiture est passée, rapide, les murs du couloir ont été quelques secondes baignés par la lumière projetée des phares. Dans la nuit, ce jour-là, rien n'était plus beau, ni étrange, ni amusant. Nous n'avons pas réagi, juste regardé filer l'écran de lumière en forme de biseau sur les murs.

La sonnerie de la porte d'entrée retentissait, nous avons sursauté, ça risquait de réveiller Léa. Olivier a foncé, s'est pris le pied dans le tapis, s'est écrasé sur le parquet. Pas une plainte, pas un juron. Il s'est relevé. Il boitait un peu. Il a ouvert la porte. C'était le médecin. Que se passait-il encore ?

Il s'est excusé. Je suis désolé, je suis allé jusqu'à ma voiture et je me suis demandé pourquoi cette jeune fille n'allait pas dans sa famille ? C'est idiot, mais ça m'a bouleversé soudain qu'elle soit seule... Elle n'a pas de parents ?

Elle a des parents, a expliqué Olivier, mais elle ne veut pas les avertir... L'homme a bredouillé, de toute façon, elle sera mieux à l'endroit où elle choisira d'être. Je ne sais pas pourquoi je suis revenu, j'ai allumé ma radio, ils ne parlent que de ça. Si je peux faire quelque chose, voilà mon numéro.

Il a tendu sa carte de visite. Docteur Augustin comme août, ce mois qui se déroulait dans le drame.

Nous l'avons entendu redescendre à pied. Ses pas heurtaient le plancher des marches en rythme. Olivier s'est avancé vers la télévision, il boitait mais paraissait ne pas s'en rendre compte. Il s'est accroupi devant la télé en grimaçant de douleur, tu as mal Olivier ? Non ce n'était rien, forcément, Olivier n'est pas un douillet, rien, sans doute une foulure, rien de plus. Surtout, rappelle-toi, il ne faut pas que Léa regarde la télé demain, surtout pas, ça ne va pas arrêter pendant quelques jours, trois journalistes morts dans ce pays, c'est dramatique, ça va prendre de la place dans les médias, il ne faut pas, il ne faut pas qu'elle lise les journaux, qu'elle écoute la radio.

Impossible de tenir les yeux ouverts, j'ai rejoint notre chambre. En chien de fusil, je me suis couchée. Déjà mon corps se détendait.

Tout cela était irréel, forcément impossible, n'y crois pas, n'y pense plus, demain matin ce ne sera plus qu'un mauvais rêve, un vilain rêve injuste.

J'avais froid, je grelottais, je voyais Léa frapper dans ses mains en criant ça baigne, ça baigne, Olivier vêtu d'un sari en lin vert d'eau fermer la maison en Normandie et s'inquiéter, les Henry, où étaient-ils ? Un accident sur la route, du feu, du verre sur le sol... Les Henry prisonniers de leur voiture hurlaient, leurs visages comme des gueules molles de poissons s'aplatissaient contre la vitre restée intacte, je sentais les draps sur ma peau qui glissaient, je bougeais, me débattais, il y avait, me semblait-il, un matelas sous mon corps, j'étais allongée dans un lit, il faisait très chaud, trop chaud, Louise avait été tuée, je criais non, non, j'avais mal, où ai-je mal, c'est quoi cette douleur sur la poitrine, je me suis réveillée en sursaut.

Olivier, où es-tu Olivier ? Je pleurais, c'était donc vrai, ce n'était pas un cauchemar ? La mort de Louise était réelle ? Et les Henry étaient-ils morts eux aussi ?

Je me suis levée, ai enfilé une chemise qui traînait sur une chaise, ai rejoint le salon.

Couché sur le canapé recouvert d'un plaid à carreaux verts et bleus, le chiot sur le ventre, Olivier regardait un film indien. La musique, les chansons, la langue, l'hindi mâtiné d'anglais, dans l'appartement, dans cette aube, cette atmosphère de deuil, c'était étrange mais rassurant, comme sucré. Je me suis allongée contre Olivier. Le chiot a couiné quand je lui ai écrasé le bout d'une patte, pardon Éclipse, pardon. Olivier a piqué un fou rire, pardon ! Mon amour tu viens de dire pardon au chien ! Chut, tu vas réveiller Léa. Arrête de rire, Olivier ! Impossible, son esclaffement nerveux décuplait au fur et à mesure que le chiot relevait la tête vers nous. Éclipse a compris que tu lui as dit pardon ! Et Olivier repartait en fou rire, les vannes étaient ouvertes.

Je me suis penchée vers lui, ai caressé son front. Il s'est calmé, il a fini par s'endormir. Soldats, montagnes, embuscades, terre jaune, tissus kaki, kalachnikov, je ne pouvais plus m'empêcher d'associer les mots, les images.

Vers cinq heures, j'ai quitté le canapé, en me disant, ce matin, j'appelle les Henry, il faut savoir. S'ils ont eu un accident, s'ils ont besoin de nous, comment on va faire ? La priorité, c'est tout de même Léa... de toute façon, ils sont tellement incorrects...

J'ai respiré. Il me fallait discipliner mes émotions.

J'ai entendu la voix de Léa dans la chambre. Parlait-elle en rêvant ? Elle risquait de se réveiller, mieux valait que je sois à ses côtés. Je me suis approchée, j'ai poussé la porte.

Elle était assise dans son lit, en pleine conversation téléphonique avec son rédacteur en chef, elle l'avait réveillé, elle voulait savoir, voulait des détails, j'entendais ses questions agressives. Son ton avait changé. Je ne lui connaissais pas cette fermeté, cette insistance, ce détachement des syllabes, cette nervosité. Mais comment ça, qu'est-ce que vous me racontez ? Comment ça

Louise est sortie de la voiture ? Enfin quoi, c'est pas une explication ! Pourquoi elle n'est pas restée dedans ? Qui a tiré avec sa kalachnikov ? Le grand ou le petit ? Quel soldat ? Comment ça, il n'était pas en service ? Alors s'il n'était pas en service, c'est un criminel ! Il faut le poursuivre, le mettre en prison ! C'est un assassin ! Je ne comprends pas... Précisez, mon vieux, précisez... Et c'est qui cet autre reporter dont vous me parlez ? Il était avec eux dans la voiture ! Vous en êtes sûr ? Jamais entendu parler de lui ! Quel est son nom ? Comment ça je ne le connais pas ? Il travaille où ? Où il est ce mec, je veux l'appeler. Vous êtes sûr qu'il était présent quand ça s'est passé ? Alors pourquoi n'est-il pas intervenu ?

Léa se battait, elle était en guerre, ses interrogations mordaient. Je me suis éloignée.

Mon cœur battait dans mes tempes, dans mes dents, dans ma nuque, dans la partie supérieure de mon corps, je ne sentais plus le bout de mes doigts, mes pieds me paraissaient lourds. Chacun de mes gestes était mécanique. J'avais le sentiment d'être un robot qui ne pensait plus, ne ressentait plus, ou un être de glace qui ne craignait soudain plus aucun coup de la vie. La seule chose qui m'importait était le repos de Léa, il fallait qu'elle dorme, nom d'un chien. J'ai fait infuser un mélange vanillé bien que je n'aie pas soif, me suis assise à la table de cuisine, j'aimais cet endroit, cette fenêtre. Elle donnait sur une immense façade, comme un écran de cinéma géant qui diffusait à longueur de saisons la vie de la vigne vierge qui le recouvrait. Un soir de l'hiver dernier, Olivier avait installé un vieux projecteur sur le placard de la cuisine, il avait bricolé, installé des prises, un câble, scotché les uns contre les autres des fils noirs et des fils rouges, des choses que je ne connaissais pas mais qui m'impressionnaient, j'adorais voir Olivier se transformer en mécano des objets de la vie quotidienne, surtout quand il se mettait torse nu. Puis il avait ouvert la fenêtre de la cuisine, dirigé l'objectif du projecteur vers l'extérieur et projeté sur le mur dénudé un film de Ferreri, tiré d'un roman de Bukowski, regarde ma chérie, c'est génial, je nous ai fait un vrai cinéma en plein air ! Olivier était moins grave à l'époque, la vie n'avait pas encore marqué le contour de ses yeux. Il prenait des cours de peinture, fumait des pétards en jurant que ce n'était pas plus dangereux qu'un verre de rouge, riait de tout, de rien. Du film réalisé par Ferreri, une phrase m'était restée : « Amour, fais-moi oublier. »

J'ai murmuré : Fais-lui oublier, fais oublier à Léa, et j'ai fermé les yeux. Je ne savais pas à qui je m'adressais mais c'était fort et ferme cette demande, une exigence. Une prière, un appel. Je fixais le bout de mes doigts, regardais les veines qui couraient sur le dessus de ma main. La vie si fragile me stupéfiait tout à coup, m'émerveillait, me clouait sur place. Léa a poussé la porte de la cuisine ; ses pieds nus, je ne les avais jamais vus, ce qu'ils étaient frêles. Y avait-il beaucoup d'éléments de sa personnalité auxquels je n'avais jamais vraiment prêté attention ? Elle est venue vers moi, ses yeux étaient rouges, ses cernes bruns. Elle a posé une main sur mon épaule et s'est penchée vers moi. Son corps s'est courbé, son flanc s'est collé contre le mien et ses lèvres ont formé un collier de mots, allez viens dormir avec moi, et Éclipse aussi.

J'ai hésité, lui ai demandé si elle ne voulait pas un thé à la vanille. Non, non pas envie, merci, allez viens dormir. Et puis je l'ai suivie. Lentement.

Sous le Bouddha, en chien de fusil, nous nous sommes allongées. Mes gestes raides ne s'accommodaient pas avec les siens, amples et souples. J'ai heurté son coude, pardon, pardon, je ne t'ai pas fait mal ? Mais non, enfin, mais qu'est-ce que t'as ? Elle a tiré un plaid sur nous. Il est petit mais ça va aller, serre-toi plus contre moi. Je me suis approchée, un peu plus. Éclipse, coulée dans le creux de son ventre, couinait. Elle rêvait.

Léa s'est assoupie, elle m'entourait de son bras gauche. Je n'osais plus bouger. Comment était-ce d'embrasser une femme ? Sans doute étrange d'être aimée par un corps qui ressemble au vôtre...

Aimerais-je, moi aussi, embrasser une fille ?

Comment pouvais-je penser ça en pareille circonstance ?

Je me suis dégagée, j'ai trop chaud, Léa, trop chaud, lâche ma main. Léa s'était endormie.

Il me semblait que j'avais passé ma vie à côtoyer la mort. Ma sœur était décédée devant moi d'une crise d'asthme quand j'avais huit ans. Elle en avait dix, Anne. Souvent son visage surgissait la nuit, toujours le même cauchemar, ma sœur assise par terre sur le carrelage rose de la cuisine, essayant de respirer, la bouche grande ouverte, la gorge bloquée, les muscles du cou tendus, le visage bleuté. Toujours les mêmes images.

Dans son sommeil, Éclipse a gémi. Sa présence m'a ramenée à d'autres souvenirs, plus récents, Pavloff, mon labrador, lui aussi était mort. J'ai réalisé qu'Éclipse ne remplacerait jamais ce chien. L'amour ne se partage pas, il s'ajoute. Pavloff... Quelles belles sorties en forêt nous avions faites ensemble ! Pavloff ronflait lui aussi, comme Éclipse. Quelle douleur que de le perdre... Et voilà, me disais-je en écoutant la respiration de Léa, tout ça est maintenant loin. Comme sont lointaines les soirées pendant lesquelles Olivier m'avait écoutée sans bien comprendre ma douleur. Léa avait été plus présente, la seule personne qui paraissait saisir l'importance du désastre. Peut-être parce qu'elle avait eu un chien quand elle était enfant. Je me souvenais, Léa accourait au moindre de mes coups de fil. Elle n'avait pas encore rencontré Louise, peut-être s'ennuyait-elle le soir ? Elle était si disponible. Surtout quand Olivier était absent.

Léa a dormi d'une traite. Éclipse ronflait doucement, je somnolais.

8

Nous nous sommes réveillées en fin d'après-midi. Dans le congélateur, Olivier a trouvé des croissants que nous avions oubliés. Trophée à bout de bras, il nous a rejointes, je fais décongeler tout ça les filles, et je vous prépare un plateau. Et il est reparti vers la cuisine. Chacun de ses mots, chacune de ses expressions étaient surjoués, forcés en légèreté. J'aimais Olivier. J'avais une chance folle d'être aimée par cet homme.

Dehors les feuilles des platanes flottaient dans le vent léger, la rue bordée de terrasses s'animait. Un accordéon au loin, des cris d'enfants jouant au football et le bruit du ballon quand le pied frappe dedans, l'aboiement d'un chien quelques étages plus haut, tout mon univers était là, dans cette ambiance que j'aimais et qui me rassurait. Je devais être forte pour Léa. J'allais y arriver. Et Olivier aussi. Je me le suis répété en serrant les dents. La nuit serait vite là. J'ai allumé toutes les lampes de l'appartement. Mais ma chérie, il n'est que dix-sept heures, la nuit tombe dans quelques heures, a dit Olivier.

Léa buvait un grand bol de café, elle pleurait. Ses larmes si fines paraissaient ne plus pouvoir s'arrêter. Elle fixait l'intérieur de son bol comme si elle pouvait y apercevoir son reflet. Olivier se rongeait les ongles, impassible. Léa n'a pas relevé la tête alors qu'elle s'inquiétait, s'interrogeait à propos de mon émission, j'espère que tu n'envisages pas de te faire remplacer à l'antenne cette nuit, je n'ai pas besoin que tu restes ici, il faut que tu y ailles ce soir, c'est important. Elle a reniflé. J'ai cherché un mouchoir dans ma poche. Mais je n'en ai pas trouvé.

À toute autre activité, Léa avait toujours privilégié son travail. La radio était une profession, un hobby, mais également une famille, un avenir, un passé, un outil qu'il fallait voir grandir et progresser avec le passage en numérique qui se profilait. Son évolution, ses malaises, ses problèmes, ses gloires et ses espoirs s'offraient à elle comme une vie à part entière. En dix ans, elle avait vécu l'enfance de son métier, son adolescence. Avec le passage en numérique, elle vivait la charnière de son passage à l'âge adulte. Comme l'amour. L'amour a une enfance qui s'appelle souvent passion, une adolescence, un âge mûr, un vieillissement. L'amour a une généalogie, des névroses, une psychologie, des peurs venues de son enfance, s'il a été couvé par l'entourage ou malmené par des proches jaloux et cancaniers. Mon enfant à moi était notre amour à Olivier et moi, pas la radio. Un amour qui avait grandi, traversé par des crises, Olivier était marié avant moi, on le disait coureur, ne s'attachant à rien et à personne. C'était une image. L'image était fausse. Longtemps j'ai eu peur.

Non, non, je n'y vais pas, ne m'en veux pas, Léa, je ne ferai pas mon émission ce soir. Léa a froncé les sourcils. Je n'avais pas pu retenir mon envie de rester avec elle. Léa, laisse-moi faire, je veux rester avec toi, évidemment je vais me faire remplacer. La laisser seule avec Olivier, ici, dans l'appartement me semblait soudain inenvisageable. Enfin quoi on était seulement le lendemain soir de la mort de Louise. Je ne pouvais pas m'absenter, les abandonner. Et si Olivier s'endormait ? Ou s'il ne l'entendait pas pleurer ?

Elle s'est levée, tu vas y aller, c'est grave de ne pas tenir l'antenne ! Elle me fixait. Je lisais l'affolement dans son regard de chouette, dans ses yeux noirs, sur ses paupières rougies, ses joues marquées par la fatigue et la douleur. Ciel, dans quel état elle était !

Tu ne crois pas, Léa, qu'on serait mieux tous les trois ensemble ce soir ? Elle a relevé la tête, non, non, tu dois y aller ! Louise ne se serait fait remplacer pour rien au monde, elle !

Le Horla sous le bras, j'ai enfilé un blouson. Lire ce roman, en direct, la voix posée, sans qu'aucune fêlure ne trahisse ma peine, sans qu'aucune trace de ce que nous avions vécu, de ce que nous vivions ne transparaisse, me semblait au-dessus de mes forces. La voix est un révélateur terrible de vie, de joie, de peine, de colère, de peur. Tout s'entend dans la voix, la peur, les rires, la sérénité. Et même l'orgasme s'il a eu lieu quelques heures avant l'émission. La voix est un instrument de haute précision.

J'ai laissé la porte de l'appartement se refermer sur moi. Olivier, Léa et moi n'étions pas sortis de la journée, n'avions même pas pris la peine de sortir Éclipse. Sur la terrasse, Olivier avait installé du papier journal. Éclipse avait fait ses besoins dessus. Cette chienne serait facile à élever. Olivier ressassait, ses mots devenaient litanie, tu verras, ma chérie, Éclipse va faire du bien à Léa !

Sur le paillasson, le journal avait été posé. J'ai regardé derrière moi, je ne voulais pas qu'Olivier ou Léa me surprennent m'emparant de ce quotidien. A l'intérieur, il y avait forcément un article relatant la mort des journalistes, et bien sûr une photo de Louise... Il allait falloir cacher les journaux, ne pas regarder les infos, trouver des excuses pour ne pas écouter la radio, dire ce transistor ne marche plus, la télé risque d'exploser, on a oublié de la faire réparer, des choses dans le genre. Pas facile quand on travaille dans les médias et que chacun de nos réflexes est lié à la soif intense de savoir ce qui se passe dans le monde. Mais nous y arriverions. J'en étais certaine. Je garderais les magazines, les quotidiens, je les rangerais dans un carton et je les remettrais plus tard à Léa, quand elle le désirerait, quand elle le demanderait, forcément un jour elle souhaiterait lire ce qui avait été écrit sur Louise. Je me le suis promis. Nous n'avions pas le droit de lui enlever tout ce qui allait être écrit à propos de la disparition de Louise. Léa avait le droit de savoir. Mais pas maintenant.

Il faisait nuit, quelques oiseaux chantaient. J'ai ouvert le journal en marchant. La photo de Louise figurait en pleine page. Elle souriait, elle était belle, elle était vivante, ses yeux pétillaient et les nombreuses taches de rousseur qui inondaient son visage la rendaient plus émouvante encore que je ne l'avais constaté sur la terrasse. Elle en avait tant que ça ? je me suis interrogée. Une photo en noir et blanc avec son nom en sous-titre était accolée aux portraits et aux noms des autres journalistes tués, et ce mot « mitraillés » en gros titre.

La mort est bien souvent noir et blanc.

Morte. Morte. Morte. Je me le répétais comme pour y croire vraiment. Comme l'on se pince quand l'on ne rêve pas. Combien de fois faudrait-il qu'on nous le dise avant qu'on ne le réalise vraiment.

Mitraillés... En combien de minutes décède-t-on ? Souffre-t-on ? Non, non, on ne souffre pas, je me rassurais, Louise n'a rien senti, ça n'a duré qu'une seconde, elle est morte sur le coup, forcément sur le coup. Je serrai les dents, je me forçai à marcher plus vite.

Mon épaule a heurté une vieille dame, je me suis excusée, elle s'est éloignée en râlant. Il m'a semblé que son accent venait du Sud. J'ai refermé le journal, l'ai fourré dans ma besace, il ne faut pas que Léa tombe sur ça.

La tour Eiffel au loin jouait à la princesse. J'ai fait un vœu. En haut de la rampe d'escalier menant à l'entrée de la radio, les plantons discutaient, l'air grave, Louise A. était en forme, la dernière fois que je l'ai vue, elle avait un problème avec son scooter, d'ailleurs le scooter, il est sur le parking.

Je me suis arrêtée. Il fallait que je me repose, ce n'était pas normal. Pas le moment de mourir, ai-je pensé et je me suis injuriée, tu es stupide. J'ai murmuré un faible bonjour aux gardiens, savez-vous où est le scooter de Louise A. ?

Pourquoi ai-je eu besoin de voir le scooter de Louise ? Je l'ignore.

Ils me l'ont indiqué, avec l'index, les sourcils serrés comme s'il s'agissait d'une épave exceptionnelle découverte au fond de l'océan. L'un des plantons était plus agité que les autres. Ses larges gestes trahissaient sa fébrilité. J'ai reconnu l'euphorie déguisée en affectation. Une caractéristique que j'avais déjà découverte en lui quelques années plus tôt. À l'époque, on venait de découvrir qu'un réalisateur avait volé pour des milliers de francs de matériel radio. Il descendait tout dans le parking avec une corde, et gardait chez lui micros, réglettes, bandes, nagras. Il ne vendait rien, c'est le plus étrange. Il entassait ce matériel, et le dépoussiérait chaque jour, le regardait sans doute avec amour avant de s'endormir. Il avait été surpris une nuit et avait été jugé. L'une de ces anecdotes de radio qui font aussi son histoire.

Je me suis dirigée vers le parking, la nuit était claire, l'ombre des arbres dessinait sur les murs de la radio des caractères noirs qui ressemblaient à des hiéroglyphes égyptiens.

Le scooter. Il était là, devant moi, rien n'avait changé. Il était toujours aussi propre, brillant ; Louise était maniaque. Le planton parlait, commentait, vous imaginez le truc, elle est tombée, il paraît qu'elle a dit...

Il s'est interrompu, a repris sa respiration. J'ai articulé, et comme je me sentais autoritaire tout à coup, non, non, non je ne veux pas entendre. Je refusais de laisser mon cerveau enregistrer des phrases que je n'oublierais plus jamais. Ça ne va pas, vous voulez que j'appelle un médecin ? a demandé l'homme quand je me suis assise par terre près du scooter. Non, ça va, merci. Je me suis relevée. Le planton s'est éloigné de quelques pas. Il est resté, à quelques mètres, lové dans l'ombre d'une voiture, il m'observait.

Quand Louise avait-elle utilisé ce scooter pour la dernière fois ? Était-ce elle qui en avait légèrement tourné le guidon sur la droite ? Et si, dans le coffre, attendait une lettre ou un cadeau pour Léa ?

J'ai posé la main sur le phare avant du scooter : c'est fini, tu sais c'est fini. Et j'ai flatté la croupe du deux-roues.

9

Comment ai-je réussi à annoncer le journal toute la nuit ? Je ne sais pas. Je me souviens, en cabine les techniciens parlaient au réalisateur, s'esclaffaient. Je ne comprenais pas comment l'on pouvait encore rire.

À minuit, à une heure, à deux heures, à trois heures, à quatre heures le journaliste est entré dans le studio et ce fut à chaque instant pour moi une intrusion, une torture. Je me faisais robot, j'annonçais, il est minuit, le journal, Gilles Meudon.

Et je me répétais, ce fut comme une litanie : l'actu, l'actu qu'ont tant aimée Léa et Louise, cette actu qu'elles recherchent à longueur de temps, ces informations, ces scoops, ces coups de théâtre les prennent à contre-emploi, Louise est l'info, elle devient l'actu, elle est l'info du jour, c'est absurde, n'être plus qu'un fait, l'une des trois journalistes tués, une actu qui l'aurait captivée et révoltée.

La journaliste Louise A. a péri sous le feu des soldats... Deux autres reporters... Je me suis bouché les oreilles, j'ai serré les mâchoires. Meudon me jetait des regards terrorisés. Je ne lui avais pas dit, je ne pouvais pas parler, raconter, lui dire. Dire, pendant que la plupart de ceux et de celles qui font la radio – lui et les autres – travaillent sur et autour de la mort de Louise et des deux autres journalistes, Léa pleure et dort et s'accroche à cette putain de vie chez moi, chez nous. Et que ce n'est pas de l'actu, c'est de la vie, de la vraie, tout près, quotidienne, du réel, pas de la fiction.

Notre collaboratrice Louise A. a été tuée... Difficile à entendre, à réentendre. Je me suis répétée, tu dois remercier le journaliste après qu'il a lancé la météo.

La météo. Après une nouvelle aussi terrible, c'est absurde d'écouter un truc pareil. Demain une dépression sur toute l'Europe. Mais bordel la dépression elle était chez moi, chez nous, Olivier et moi qui allions essayer d'empêcher Léa de boire non pas la tasse mais la mer toute entière.

Que faisait Léa pendant que Meudon lisait son flash ? Écoutait-elle la radio ?

J'ai susurré, merci, Gilles Meudon, pour ce point sur l'actualité, on vous retrouve tout à l'heure. Le comble ! J'avais remercié le journaliste pour ce qu'il nous avait annoncé !

Gilles Meudon fixait la pendule, un tic d'animateur. Il m'avait choquée quelques semaines auparavant. Alors que notre patron de l'époque virait huit producteurs d'émissions en plein mois de juillet, quarante-cinq jours seulement avant la rentrée, Meudon n'avait pas réagi, tout juste haussé les épaules quand je lui avais lancé : C'est dur quand même ! Sa moustache soulignait-elle son incapacité à ressentir une once de compassion ?

Il m'a souri, m'a avertie, il y a plein de microbes en ce moment, je fais très attention, il faut se laver les mains souvent, s'éloigner des gens enrhumés. Meudon craignait d'être malade. Bien sûr, c'était important, sa petite personne pouvait être agressée par de vilains microbes !

Je refusais de croiser son regard. J'ai fixé la pendule. Les petits points rouges martelant les secondes défilaient autour des chiffres marquant l'heure. La pendule à la radio est un instrument de précision. Un outil précieux, c'est en la consultant que l'on calibre ses propos, que l'on envoie le disque à l'heure, que l'on parle six minutes vingt-cinq et non pas six minutes trente-quatre.

À quatre heures, serrant les poings sous la table de présentation, j'ai une dernière fois lancé la formule habituelle, vous écoutez la radio, il est quatre heures. La poignée de petites notes musicales formant l'indicatif de chaîne a distillé son ambiance métallique. J'ai enchaîné, le journal, Gilles Meudon, merci, Gilles Meudon. On écoute maintenant *Guigui* de Michel Jonasz, c'est une magnifique chanson.

Mes yeux ont suivi le fil de son regard. Il fixait son index, son majeur. Ils étaient mangés, véritablement mangés. Les cuticules au bout des doigts, il les avait méticuleusement grignotées.

Il a demandé : Je peux te parler ? Sa voix était sucrée et moite. Oui bien sûr, je t'écoute Gilles.

Dans le studio, la climatisation ne fonctionnait plus. Il faisait chaud. Qu'allais-je être obligée d'écouter ? Ce type ne pouvait-il pas mettre un peu de grave dans son ton ? Comment avait-on pu mettre à l'antenne une voix pareille ?

Comme si ce n'était qu'une anecdote, Meudon a chuchoté ces mots, ces phrases qui n'auraient jamais dû exister, il disait que c'était affreux, mais heureusement, il paraît que Louise A. n'a pas souffert... Elle est morte sur le coup, un témoin l'a affirmé...

De quoi se mêlait Meudon ?

En retour studio, un disque déroulait ses accents de reggae dans les haut-parleurs. Dans la cabine, derrière la vitre, les techniciens fumaient. Tout est mort soudain en vous, dans votre vie, et les autres continuent de vivre comme si de rien n'était. Meudon a penché la tête en avant. Puis il a relevé la tête, a repris, tu sais, il y a eu des témoins qui ont vu Louise A. être agressée, un traducteur et le chauffeur qui les accompagnaient, le chauffeur est passé en insert dans le journal à vingt-deux heures... Gilles Meudon s'est redressé : j'ai perdu ma sœur il y a dix ans, elle était grand reporter pour la télé, elle a été prise en otage, ils l'ont tuée.

Gilles Meudon avait les yeux bleu marine, un bleu stupéfiant.

Quand il est sorti du studio, je ne lui avais ni répondu, ni souri, rien, pas même regardé son visage. Le disque s'achevait. J'ai fait signe à Charles. Il m'a ouvert le micro. J'ai enchaîné, ma voix était un peu rauque, j'ai forcé, le ton est venu : nous allons maintenant retrouver *Le Horla*, savez-vous que Maupassant a commencé à l'écrire une nuit...

Et j'ai lu. Charles faisait courir des nappes de musique neutre sous le texte, des mélodies dites non-suggestives. Exactement ce qu'il fallait pour ce texte. Je me concentrais. Il ne fallait pas penser, surtout ne pas penser à autre chose qu'à ce texte, rester collée aux mots. La respiration m'aidait. Seul remède contre la panique et l'accélération de mon débit. Parler doucement ralentit le rythme cardiaque. La radio a toujours été, pour moi, comme un exercice de retour au calme.

10

La nuit parisienne était tranquille mais pleine de lumières. Le long des quais quelques voitures filaient, leurs phares heurtaient la façade des immeubles que je dépassais. Je suis rentrée à pied jusqu'à Concorde. Quatre heures et demie du matin, j'étais hyper-réveillée comme on est hyper-agité ou hyper-volubile, hyper-sensible ou hyper-ventilé. La tête me tournait. Pas encore de vertige mais qui sait si ça n'allait pas venir. Ne pas perdre pied, ne pas perdre pied. Je ressassais.

En insert au téléphone et en direct sur l'antenne, le chauffeur avait donc témoigné... Je ne l'avais pas entendu mais Meudon était formel. Louise était morte sur le coup, elle n'avait pas souffert. Un soulagement. Fallait-il le dire à Léa ? La rassurer en lui parlant de cette disparition sans douleur ? Oui, bien sûr. Et fallait-il retrouver l'enregistrement dans lequel le chauffeur s'était exprimé ? Le garder, pour après, quand elle voudrait savoir, mieux connaître les faits ?

On est déjà dans l'après, me suis-je murmuré. On est dans l'« après ». Les voix restent dans les puces des répondeurs, dans les mémoires des ordinateurs, ces sarcophages pour l'éternité, la voix si vivante qui trahit les émotions, photographies de ce qui n'est plus.

Il fallait désormais être capable d'aider Léa, jusqu'au bout de la vie. Rester disponible quoi qu'il arrive. Tenir, assister, être constant, la chose la plus difficile. On peut être très actif, très présent longtemps après un décès, accompagner celui ou celle qui reste des mois durant. Puis soudain, pris par un rythme quotidien, par d'autres drames, l'on commence à oublier. Oublier de téléphoner un jour, oublier de se rendre compte que l'on oublie.

Gilles Meudon, ses yeux, ses joues baignées de larmes. Chasser ces images, il le fallait, je n'y parvenais pas. Meudon avait perdu sa sœur ! Cette phrase faisait écho à « mon » problème comme disait ma mère. Je n'étais jamais allée sur la tombe de ma sœur. Bien sûr, j'avais songé aller m'y recueillir. Va voir Anne, il faut que tu ailles faire une petite visite à ta sœur, suppliait maman. Oui, oui, maman, je vais me rendre sur sa tombe. J'y croyais au moment où je le disais. À peine l'envisageais-je que j'en avais le souffle coupé, comme un asthme naissant ; cet asthme léger comme sa présence fatale en moi. Olivier avait tenté de m'y conduire en voiture, mon cœur s'était accéléré, j'avais senti le mal d'air venir. Nous avions rebroussé chemin.

Léa, Léa, dors-tu ? Léa, Léa, comment vas-tu vivre sans Louise ? Louise où es-tu ? Dans quel lieu te situes-tu ? Peux-tu aider Léa ? Aide Léa, je t'en supplie... La lune s'offrait pleine au-dessus de la place de la Concorde. Je me suis assise sur le rebord du mur isolant comme dans un écrin le jardin des Tuileries. Que c'était beau, cette place, ce Paris sublime qui m'avait reçue et gardée, qui m'avait privilégiée en me laissant exercer la profession que j'aimais, ce Paris dont j'avais tant rêvé adolescente et dont je ne me lassais pas, Paris dont l'odeur de pollution me rassurait, Paris des rencontres d'exception, Paris de ma vie. Fixant l'hôtel Crillon, je me persuadais. Paris me sauverait, Paris coffre aux trésors.

J'ai traversé la place, mes jambes fatiguaient. J'ai fixé l'hôtel Crillon. Ce qu'il était majestueux dans les lumières de la place, face à cet obélisque, à ses statues comme des gargouilles ! Je me suis souvenue d'une phrase de Thierry Le Luron alors que, dans ce palace, s'achevait sa brève vie. Un de ses amis l'avait accompagné jusqu'à la fenêtre, Le Luron avait regardé la place, sa dimension parfaite, ses sculptures, ses lumières, il avait pleuré, murmuré quelques mots : Et dire que je vais quitter tout ça !

C'était il y a longtemps. Ces propos dont témoigna le proche de Le Luron m'avaient frappée. J'ai pensé : Louise a quitté tout ça. Et aussitôt : Non, elle a quitté Léa.

Je me persuadai. Je devais rester solide. Mon travail donc m'aiderait, il me ferait oublier quand ce serait trop difficile. Je marchais, je respirais, je parlais à mi-voix, la vie était comme un grand jeu de survie, depuis la mort d'Anne, la vie est un piège, une prison, le piège est grand, tout est fait pour que nous restions vivants, le plaisir, la faim, le rire, dormir, s'enthousiasmer, la peur, l'amour évidemment.

La vie contient en elle la nécessité de continuer, la nécessité de rester là.

En rentrant, je me suis couchée. Olivier avait laissé la lampe de la salle de bains allumée. J'adorais cette ambiance de nuit dans l'appartement. Il avait déposé quelques chocolats près de mon mug préféré, cette tasse ventrue que tous les soirs avant de dormir je portais à mes lèvres. Son écriture sur le Post-it, ça m'a arraché une plainte. Ma chérie, je t'aime, vite dans le lit avec moi.

Ces quelques mots...

Olivier, comme je l'aimais.

Mon corps et ma tête appréciaient le calme de la cuisine, le confort du petit fauteuil que nous avions installé devant la fenêtre pour y déguster nos expressos. Dehors, un chien faisait les poubelles, un labrador blond magnifique. Que faisait-il seul dehors dans la nuit ?

J'ai avalé un bol de chocolat, un second, ai laissé ma tête dodeliner sur le côté. Lectrice à la radio de minuit à quatre heures, toutes les nuits, merveilleux, quelle bouée, me disais-je... Et je me répétais pour m'endormir cette litanie, les indications que nos supérieurs nous avaient données à tous, gens de la radio, lors des dernières réunions médiamétrie, j'imaginais une chanson.

Il faut que l'auditeur soit content.

L'auditeur c'est la ménagère de moins de cinquante ans.

L'auditeur vieillit, il faut le rajeunir.

L'auditeur est plutôt une femme, cultivée, ayant fait des études supérieures.

L'auditeur aime que vous fassiez un tango avec lui, faites du tango avec l'auditeur, nom d'un chien !

La radio. Les techniciens changent à peine la tonalité de ma voix, mais un peu tout de même, ils l'améliorent, y ajoutent de la gravité, c'est comme un vin, une voix, elle a de la cuisse, des arômes de noisette, etc. Les millésimes s'enchaînent, la voix change avec l'âge. Et puis il y a les origines, c'est important le terroir d'une voix, aussi important que son millésime et la façon dont elle a été conservée, avec ou sans fumée, avec ou sans cholestérol. On en sent le terroir, indélébile, le soleil, la terre, la pente. Léa disait que dans ma voix, il y avait la cassure des côtes bretonnes.

11

Je venais juste de me réveiller. J'étais nue dans la salle de bains. J'entendais Léa répondre au téléphone. Sa voix était lasse, fatiguée. S'enchaînaient des oui, monsieur, bien sûr, monsieur, formels, polis. Je n'ai pas compris tout de suite qu'il s'agissait de lui, le père de Louise, monsieur A. J'ai frémi. Pour le père, Léa ne devenait-elle pas la preuve vivante, gênante sans doute, des amours cachées de sa fille ?

Je suis entrée sous la douche, me suis savonnée comme on lave un vieux jean, à la main, de toutes mes forces. J'avais besoin de propre. J'ai entendu au revoir, monsieur, à jeudi donc, et le petit clic annonçant que le téléphone avait été raccroché. Je suis sortie de la douche. De fines rivières ruisselaient sur ma peau et provoquaient une chair de poule.

Quand Léa est entrée, j'ai voulu saisir un drap de bain, mais mes mains, mes bras n'ont pas suivi. Je me suis retrouvée telle l'ado ridicule devant le prof de gym qui la surprend. Je me cachais, un bras sur les seins, la main sur mon pubis. T'es pudique ? a interrogé Léa. J'ai esquissé un sourire. Eh ben ça alors ! T'es encore bien foutue ! s'est-elle exclamée. Et ses traits se sont durcis. J'ai cru qu'elle allait fondre en larmes.

Ses yeux brillaient : Il faut que je te parle, je viens d'avoir le père de Louise au téléphone. Sa voix était sèche, rude, prête à agresser. Mais comment a-t-il eu ton numéro, Léa ? Je croyais qu'il ne te connaissait pas ? C'est vrai, il ne me connaît pas, mais un journaliste à la rédaction lui a expliqué qu'on était colocataires, Louise et moi, et lui a communiqué mon numéro...

Encore bien foutue. Mais je ne suis pas si vieille que ça !

Vite, j'ai enfilé mon jean, un t-shirt, je ne voulais pas rester en peignoir à côté de Léa. Je ne comprenais pas pourquoi être nue devant elle, qui m'avait déjà vue déshabillée à la plage ou à la piscine, me paraissait soudain impossible à surmonter. J'ai pensé, je suis à cran, pas le moment de flancher, ça doit être le choc.

Couchée à plat ventre sur le canapé, Léa pleurait. Ça ne va pas Léa, dis-moi, parle-moi Léa. Je me suis injuriée en silence, t'es dingue, pourquoi tu lui as demandé ça, bien sûr que ça ne va pas. Il est des phrases que l'on jette innocemment, ce sont des outils qui voudraient réparer, en plein drame elles ne sont que politesses mal placées. Léa ne m'a pas répondu, puis a tendu une main vers moi, tiens-moi, tiens ma main, retiens-moi, je vais mourir, je ne peux pas supporter. J'ai serré sa main, ses doigts étaient glacés, j'ai baissé la tête vers ses paumes, j'ai soufflé dessus comme le faisait maman quand j'étais enfant. Ma sœur Anne adorait ça, et toujours en redemandait, encore maman, encore, j'ai tellement froid. Anne, ma sœur Anne, nous vois-tu ? Les morts sont-ils autour de nous à observer nos vies ? Louise est-elle quelque part dans cette pièce à voir Léa souffrir ? Anne, aide-moi, aide-moi... aide-la, aide Léa.

Tu sais, a murmuré Léa en se relevant, si tu n'étais pas là je me passerais par la fenêtre, j'aime tellement Louise... Oui, je sais que tu l'aimes, elle t'aime aussi Léa, tu le sais Léa, tu le sais bien. Léa a glissé ses doigts dans mes cheveux, les a caressés, je n'ai pas bougé, puis a tendu son visage vers moi.

Du bout des lèvres, comme le feraient deux bonnes copines, j'ai répondu à son baiser. Pourquoi avais-je fait cela ? J'étais incapable de trouver une réponse.

Léa m'a raconté. Le père de Louise lui avait donné rendez-vous à l'appartement. Il avait prononcé ces mots, et ce fut comme un couperet, tu n'imagines pas, grinça Léa, il a dit : On doit faire le point, mademoiselle, savoir ce qui est à elle, ce qui est à vous.

Léa tremblait, j'ai cherché un plaid des yeux. Elle s'est redressée, tu sais, le père de Louise avait vraiment l'air énervé, sa femme toussait derrière lui, faut dire que pour des parents divorcés, un enfant qui meurt, ça oblige à se revoir... Tu parles d'un truc, ça ferait rire Louise ça, ils doivent régler ses affaires ensemble...

Léa faisait le bilan. Monsieur A. ne lui avait pas demandé comment elle allait, si elle était chez ses parents, chez des amis, si elle avait arrêté de travailler ou pas, enfin toutes ces sortes de choses qui s'appellent de l'humanité. En revanche, il s'était inquiété, le loyer allait tomber, comment faisiez-vous Louise et vous ? Moitié-moitié, avait répondu Léa et le père s'était tu. Son silence...

Léa me parla de ce silence, long, étendu, vaste, comme un désert d'horreur. Louise gagnait mieux sa vie que Léa. Rien de plus normal, elle était journaliste depuis plus longtemps qu'elle et partait plus souvent en reportage. Ça avait fait tiquer les parents de Louise, a dit Léa, ils ont déjà dû consulter ses comptes, ces deux derniers mois, Louise a payé seule le loyer, j'étais fauchée.

J'ai fermé les yeux un instant. Léa, quoi qu'il arrive, Olivier et moi on sera présents, avec toi, ils t'ont donné un rendez-vous à l'appartement... on vient avec toi, en tout cas moi je viens.

Oh oui, c'est vraiment sympa si vous m'accompagnez.

Olivier est rentré tard, il boitait plus que la veille. Je lui ai proposé de passer aux urgences, il fallait sans doute faire une radio, peut-être lui mettre une attelle. Non, non, ce n'est rien, juste une foulure, ça va passer, ma chérie. J'adorais quand il m'appelait ma chérie. Léa dormait, je m'apprêtais à rejoindre la radio pour finir ma lecture du *Horla*. J'avais mis un jean noir, pas le rouge que j'avais la veille, en pareille circonstance le noir est indiqué. C'est ce qu'on dit, ce qu'on fait. Je n'avais pas envie d'y réfléchir.

Comment s'est passée la journée ? a demandé Olivier. Je lui ai raconté, le coup de fil du père, mais aussi le baiser sur la bouche de Léa. Ça m'avait quand même fait bizarre, et en même temps plaisir, comme un truc en plus entre nous, une amitié plus forte, enfin tu vois Olivier... Je vois, je vois, je comprends ma chérie. J'ai ajouté que je ne savais pas pourquoi Léa avait tendu ses lèvres vers moi et pourquoi j'avais répondu à son baiser. Pas grave, a dit Olivier, elle m'en a aussi fait un ce matin, juste un bécot sur la bouche, y'a pas de quoi flipper, beaucoup d'enfants font ça avec leurs parents tu sais.

Elle l'avait embrassé aussi...

Un bruit nous a fait sursauter. Nous avons fixé la porte de la salle de bains. Nous nous sommes figés, quelque chose venait de tomber, mais quoi ? C'est quoi ? Est-ce Léa ? Mais non, Léa dort !

Léa ne dormait pas. Elle était dans la baignoire, nue, maigre, ce qu'elle était maigre. Olivier a reculé, s'est effacé. Je me suis approchée. Un vase gisait sur le carrelage, en mille morceaux. Elle avait dû le faire tomber. Mais de quelle manière ?

Je me suis baissée, j'ai ramassé les débris de verre. Léa tenait la douchette de la main droite et la laissait répandre son eau en chute dans ses cheveux, sur son corps. Elle pleurait.

Ses larmes, les rivières et torrents d'eau qui dégoulinaient sur son dos, son visage, ses cuisses, et se mélangeaient, suivaient le chemin des fines veines vertes qui affleuraient à la surface de sa peau trop blanche, transparente, il fallait qu'elle mange, qu'elle redonne de la force à son pauvre corps. Elle fixait ses genoux, elle gémissait. Je me suis avancée, j'ai tourné le bouton, ai augmenté le débit d'eau. J'ai posé ma main au-dessus de la sienne, sur la douchette. Mes mots se sont fait ordres, allez Léa, allez pleure, vas-y, plus fort, pleure plus fort, ça va te faire du bien, accepte de pleurer, oui comme ça, et mets bien de l'eau partout sur toi, asperge-toi, on est avec toi on t'aime, tu n'es pas seule, pleure, allez pleure.

Les gémissements de Léa dans cette salle de bains, ce furent comme des tremblements de terre dans ma chair.

Elle serrait les poings, je veux me noyer, je veux me noyer, je veux Louise, je veux que Louise revienne. J'ai crié, noie-toi Léa, noie-toi mieux que ça, allez, tu en as besoin, tu en as le droit.

La luminosité baissait, la nuit n'était pas loin. Léa respirait vite. Sa plainte s'était métamorphosée en silence, l'un de ces silences lourds et froids annonciateurs d'orage. Je lui caressais les cheveux. J'attendais. Et Léa buvait, mangeait l'eau qui ruisselait sur son visage, et elle la lapait, les yeux fermés, concentrée. Puis elle a recommencé à hurler, elle se débattait contre des monstres invisibles, donnait de grands coups de jambes dans le vide, se taisait, reprenait, enfin tout s'est arrêté, elle a levé la main vers le robinet et a éteint. Je me suis redressée, c'est bien Léa, c'est bien, tu vas aller mieux, il faut te reposer. Et j'ai saisi un peignoir, l'ai enroulé autour Léa et l'ai soulevée, l'ai portée dans la cuisine.

Elle était si légère.

Assise devant la table en Formica, elle nous regardait grignoter. J'ai murmuré, j'accompagnerai Léa à l'appartement. Les parents de Louise lui ont donné rendez-vous. Leur seul problème c'est le loyer, a articulé faiblement Léa.

Olivier l'a regardée un long moment. On vient avec toi pour recevoir les parents de Louise, il n'y a aucune raison que ça se passe mal, ma chérie.

Ma chérie, il l'avait appelée ma chérie !

Alors le téléphone a sonné. J'ai décroché, n'ai pas eu le temps de parler. Jacques Henry était franchement agacé, et il voulait que nous le sachions. Lui et sa femme étaient vraiment fâchés. Pourquoi n'avions-nous pas répondu à leur message ? Ça faisait deux jours qu'ils attendaient de nos nouvelles, pourquoi ne les rappelions-nous pas ? Ils nous avaient laissé un mot sur la table de la maison en Normandie, pourquoi ce silence ? Non, mais vous ne vous rendez pas compte, Olivier et toi, on vous a attendus des heures et on est reparti. Pourquoi, le jour de l'éclipse, en fin d'après-midi, n'étiez-vous pas à la maison comme convenu ? On a trouvé la maison ouverte, le gaz ouvert, ça aurait pu exploser, mais le plus grave, articulait-il essoufflé, c'était que le jardin était envahi par les chèvres de M. Mahé, le voisin. Elles étaient entrées, elles avaient mangé toutes les fleurs. Franchement, c'est pas drôle. C'est pas sympa de ne pas nous avoir attendus. On s'est retrouvé dans une sacrée galère avec ce voisin qui, allez savoir pourquoi, nous a traités de voleurs et qui a sorti sa carabine en jurant de tirer si on appelait l'assurance ; mais nous, on n'avait même pas les coordonnées de l'assurance, c'était pas à nous de lui répondre à ce voisin, c'était à vous, on a eu beau le lui dire, il nous a menacés... On s'est cassé, la situation était ingérable ! Vous savez dans quel pétrin vous nous avez mis ? Et en plus notre portable ne marchait plus !

J'ai bredouillé quelque chose du genre, euh, désolée. Et j'ai raccroché. Pas envie d'entendre Jacques Henry me parler des chèvres de M. Mahé, de l'assurance, de cette maudite carabine que brandissait si facilement le voisin. Pas envie de raconter ce qui était arrivé. Ils n'avaient qu'à écouter la radio, ils comprendraient !

N'avaient-ils pas pensé, ne serait-ce qu'une seconde, que quelque chose avait pu nous arriver ? Non mais c'est quoi des gens comme ça qui ne pensent qu'à eux ! J'ai bredouillé « sales gens » et j'ai eu envie de rappeler, allô Jacques, je voulais te dire, t'es inhumain, t'es égoïste, vous êtes deux cons, deux bas du front, vous n'avez même pas pensé une seconde qu'on avait un problème, qu'un drame nous était tombé dessus, qu'on pouvait même avoir besoin de votre aide !

Je me suis répété sales cons, bas du front, et je me suis éloignée, j'ai rejoint Léa, elle faisait glisser une petite bague en argent le long de son annulaire gauche, tu sais on s'était offert des alliances, c'est bête, enfin tu dois trouver ça idiot, mais c'était tellement important pour Louise et moi. Mais non, Léa, ce n'est pas bête.

12

L'appartement de Louise et Léa était baigné de lumière. Louise avait laissé les rideaux fermés avant de quitter la maison. Léa a tendu sa main vers la table de cuisine, un petit meuble en Formica bleu, comme cela se faisait dans les années soixante. Louise avait laissé un message, simple feuille de papier blanc pliée en quatre. Elle fait toujours ça quand elle part, a murmuré Léa, elle me laisse un mot que je ne dois lire qu'au moment où je me couche sans elle à mes côtés, un rituel entre nous.

Et Léa s'est éloignée pour lire les mots de Louise.

Respirer me semblait tout à coup bruyant, je m'interdisais de bouger le petit doigt, la tête.

Léa s'est retournée, le reflet de sa silhouette a ombré le parquet. Le papier était dans sa main. Elle nous fixait. Sans doute pensait-elle qu'elle devait nous transmettre les derniers mots de Louise.

Ce regard, ces pupilles apeurées ! Elle voguait ailleurs Léa, dans un monde de douleur que nous ne pouvions pas partager, certes nous l'accompagnions mais qu'était-ce au regard de sa douleur ? On souffre seul, c'est ainsi, la loi humaine. Notre présence ne pouvait que la rassurer. Elle a plié le papier en quatre, consciencieusement, l'a placé dans la poche arrière de son jean. Nous ne parlions plus. On se fait un café, ils vont arriver, a dit Léa. Oui, oui, on se prépare un expresso.

Leur cocon de vie. Nous y étions donc. Nous n'avions pas eu le choix. Accompagner Léa faisait désormais partie de notre vie. Olivier m'avait dit quelques heures plus tôt : il va falloir intégrer Léa à notre quotidien. Léa faisait depuis longtemps partie de notre existence, depuis ce jour d'hiver où je l'avais vue débarquer la nuit à la radio pour remplacer Meudon. Une semaine à l'antenne, côte à côte, et nous avions sympathisé. Je l'avais invitée à dîner, Olivier l'avait tout de suite adorée. Cinq ans déjà étaient passés, une demi-décennie d'amitié.

Et pourtant, je ressentais une certaine forme d'impudeur à me trouver dans cet appartement. La cuisine, la salle de bains étalaient leurs indiscrétions. Louise aurait-elle eu envie que nous voyions, en boule sur un fauteuil, la chemise qu'elle portait le soir du dîner sur la terrasse ? Ou cette revue consacrée à l'homosexualité féminine en Chine côtoyer un t-shirt fraîchement repassé sur lequel figurait le drapeau gay ? Aurait-elle accepté que nous découvrions qu'elle, l'intellectuelle, regardait les émissions de psy-show ?

C'est toi qui lis ça Léa ? Non c'est Louise, elle adore, ça la détend.

J'ai regardé mes pieds, pourquoi avais-je posé cette question ?

L'appartement de Louise et Léa appartenait à un autre temps. Comme si, en disparaissant, Louise avait emmené avec elle tout ce qui pouvait faire référence à sa vie parisienne. Pourtant, pensais-je en regardant une photo encadrée représentant Léa couchée nue sur un lit, il y a des milliers de traces du passage sur terre de Louise. Je réalisais que son bureau à la radio devait être encore couvert de sa documentation, les tiroirs bourrés à en étouffer de CD, de bandes magnétiques, de livres, peut-être de plans de Jérusalem, de Bagdad, de cartes d'Irak, d'Iran.

Olivier et moi avions compté, à part ce dîner sur la terrasse qui nous avait un peu rapprochés, nous ne l'avions rencontrée que trois fois. C'était peu. Peu pour entrer chez quelqu'un sans qu'il soit là.

Le salon n'avait pas été aéré. Il avait gardé en son sein toute la chaleur de la semaine. Léa n'y était pas revenue.

Chacune de ses phrases commençait par « la dernière fois... », la dernière fois que j'ai ouvert cette porte, Louise venait de partir ; la dernière fois qu'elle a mis ce manteau, c'était en mai, il faisait froid.

Triste, comme lasse, elle soupirait, commentait. Vous avez vu, Louise a laissé ses chaussettes traîner dans la salle de bains ; son peignoir, il est encore sur le rebord de la baignoire, je vois très bien comment elle l'a jeté ; regardez le livre abandonné sur le bord de la table, elle était en train de lire cet essai sur la politique de Chirac. Et ce coton, c'est celui qui a servi à la démaquiller la veille de son départ, il est dans la poubelle, il y a du khôl dessus, son khôl.

Léa l'a porté à son nez, l'a reniflé, a pleuré. Elle s'est reprise, ça sent son parfum.

Quand les parents de Louise ont frappé à la porte, Olivier a sursauté, ses yeux se sont parés de couleurs glaciales. Quoi qu'il arrive, on prend la moitié du loyer à notre charge, hein ma chérie ? Et il m'a regardée. Bien sûr, Olivier, évidemment.

Un pas, deux pas, Léa a traversé la petite pièce. Comment allaient-ils être ? Comment allaient-ils se comporter avec Léa ?

Elle a ouvert à un regard noir, méfiant. La mâchoire carrée de cet homme était impressionnante. Sa voix a surgi de lui comme d'une caverne, bonjour, je suis le père de Louise, j'espère ne pas être en retard, bien, d'abord sachez tous que ma femme, enfin je veux dire mon ex-femme, est sous antidépresseurs, ne la brusquez surtout pas, elle va arriver. Léa fronçait les sourcils, bien sûr bien sûr, ne vous inquiétez pas, monsieur A.

Combien de temps allait durer cette visite ?

Bon alors qui est cette Léa ?

Ce fut la première question de monsieur A. Il n'avait pas imaginé que la jeune fille qui venait de l'accueillir était cette Léa, l'amour de sa fille. J'ai failli répondre, c'est elle, oui c'est Léa, regardez comme elle est belle, et sensible, elle est tout, le tout de Louise, Louise et Léa s'aimaient, ça vous emmerde, et bien c'est la vie, et leur amour est bien vrai, bien réel, monsieur A.

Je retenais le galop en moi, l'écluse s'ouvrait.

Léa s'est redressée, a forcé un pauvre sourire. C'est moi, je suis Léa, bonjour monsieur A. Je suis ravie de vous rencontrer. L'homme s'est raidi. Pas moi.

Dans le couloir, derrière la porte, des pas heurtaient le sol, à la façon de cannes en bois. La mère allait entrer en scène. Nous nous sommes regardés. J'ai retenu ma respiration, je pensais à Réglisse, son chat mort... Faudrait-il parler de Réglisse ?

La mère de Louise est apparue, gauche, légèrement voûtée. Léa, Olivier et moi avons ouvert la bouche, stupéfaits. C'était Louise, Louise avec trente ans de plus, en plus voûtée ! Même ossature du visage, semblable expression, ce nez, ces lèvres, cette silhouette, les cheveux aussi longs que ceux de sa fille, la même tignasse blonde, éclatante, une explosion d'épis de blé.

Léa a reculé d'un pas, une jeune femme accompagnait la maman de Louise, une fille qui portait un pantalon appartenant à Louise. La trentaine, belle, grande, brune, coiffée très court. Et ces yeux ! D'un bleu qui donne la chair de poule. La mère l'a présentée, euh, voici Coralie, la meilleure amie de ma fille.

J'ai baissé la tête, mes pupilles dardaient soudain ses jambes. Je ne voyais plus que le treillis de cette fille, vert aux coutures rouge et orange, un treillis que je n'avais jamais vu porté par personne, le treillis dont s'était habillée Louise lors du dîner dans ce restaurant à Pigalle.

Oui, la meilleure amie de Louise, a repris monsieur A.

La fille était masculine, trop masculine, elle est lesbienne, sûr, mais pourquoi Léa ne nous en a-t-elle pas parlé ? C'est important une meilleure amie, pourquoi n'avait-elle pas cherché à la joindre ?

Léa s'est avancée vers elle, lui a tendu la main, bonjour, je suis Léa. Ah oui, l'une de ses copines, a lancé l'inconnue. Olivier, d'une voix cassante, a continué la phrase de Léa : Léa vivait ici avec Louise, elles allaient se pacser. Alors ça, ça m'étonnerait, a ri la fille, elle n'avait même pas déménagé ses affaires de chez moi, alors tu parles ! Bon ça suffit, a interrompu le père, nous venons faire le point, quoi est à qui ici ? Cette table par exemple, à qui est-elle ? À Louise ?

Léa m'a pris la main. Elle tremblait comme un oiseau mouillé. Je la lui ai serrée. Fort. Très fort. Elle s'est penchée vers moi, m'a soufflé dans l'oreille, tu es là, heureusement tu es près de moi... La fille aux yeux bleus nous observait, un rictus s'est dessiné sur le coin gauche de sa bouche.

La mère s'est éloignée vers la cuisine. Nous ne l'entendions plus. Juste son reflet immobile dans la vitre de la porte en verre. Quelques secondes, je l'ai regardée, pauvre maman, pauvre maman qu'elle est !

Elle s'est assise, elle tournait la cuillère qui était restée dans le bol de céréales. Le bol breton de Louise, son nom était écrit dessus. Un bol que Léa avait rapporté pour Louise un peu avant qu'elles ne s'installent ensemble.

À qui est ce fauteuil ? À qui ? Le père répétait la question. Léa a fermé les yeux. J'ai une sensation de fourmillement, ça m'engourdit, mes muscles se durcissent, c'est quoi ? qu'est-ce que j'ai ? comme des fourmis partout, je ne me sens pas bien, pas bien du tout, a gémi Léa. Elle s'est laissée couler sur la moquette du salon. Le père de Louise a toussé. Quel cirque il y a ici, on dirait la cour des miracles !

Léa n'était plus que répétition de mots, ça prend tout le corps, des fourmillements partout, j'en ai partout...

La fille aux yeux bleus s'est approchée. Elle paraissait soudain plus féminine. T'inquiète pas ma petite, ce n'est qu'une crise d'anxiété, tu as déjà pris du Lexomil ? Oui, bon alors tiens prends ça, j'en ai toujours sur moi, je suis du genre angoissée moi aussi. Ça va te calmer, c'est normal, c'est épouvantable ces crises, mais ça passe.

Léa ne voulait pas la regarder. Elle fixait le sol. Puis elle m'a tendu la main toi, toi, mon amie, surtout ne t'éloigne pas, ne me laisse pas...

Ses doigts dans ma paume, c'était de la glace.

Un docteur, il faut appeler un docteur, a lancé le père. La meilleure amie de Louise secouait la tête à l'horizontale, non, non, qu'elle aille voir son généraliste demain, il va falloir qu'elle se fasse aider. J'ai articulé, mais comme cela me fut pénible, oui, oui, je vais appeler un psy pour qu'il la voit. Les yeux bleus de la fille m'ont scrutée, vous êtes depuis combien de temps ensemble Léa et vous ? Louise le savait ? Non, non, nous ne sommes pas ensemble, je suis avec... Et j'ai montré Olivier d'un mouvement de menton.

Léa s'est redressée, l'anxiolytique l'avait calmée. Le père de Louise tenait sa tête entre ses mains. Je ne voyais pas ses yeux, pas son menton, une mèche de cheveux les cachait, des cheveux ondulés, soyeux, blond cendré comme ceux de Louise. Le temps se dilatait, chaque seconde paraissait être un siècle.

Enfin, la mère de Louise est réapparue, on l'avait oubliée. Le bol breton était dans sa main, je peux le prendre Léa ? Léa c'est bien ça votre nom, c'est très joli ce prénom... Merci, madame. Je dois vous dire, Léa, vous savez, le problème c'est mon mari, moi je m'en moque, je ne veux que son bol et puis si ça ne vous ennuie pas son écharpe rose, elle la portait souvent ces derniers temps, rien d'autre, gardez tout.

Monsieur A. a fait le tour de l'appartement. Son visage crispé se concentrait sur chaque objet. Il évitait le regard de Léa, ne s'adressait qu'à Olivier. Très bien, j'ai vu, je reviendrai, enfin plutôt mon notaire va s'occuper de ça, pour le loyer, votre amie devra le prendre en charge totalement, refaire faire le bail, qu'elle se renseigne si c'est possible, le rapatriement a lieu après-demain, vous comprendrez, jeune homme, que je ne veux pas voir cette Léa à l'aéroport quand le corps de ma fille va revenir, il y aura des officiels et je suis très ami avec le préfet qui m'accompagnera, pas de ça chez nous... Compris ?

Sur le trajet du retour, dans le métro, tandis que Léa et Olivier maudissaient les parents de Louise, se souvenant de chacun de leurs mots, de chacune de leurs attitudes, je n'ai pas pu m'empêcher de noter quelques phrases, un début de chanson : la mort d'un être cher perturbe les géographies intérieures, soudain les cascades coulent, refluent vers le haut, l'éclipse surgit en pleine nuit et le soleil recouvre la lune, les animaux se lèvent, les fleurs s'ouvrent l'espace d'une demi-heure, les esprits, les amours se retirent pour réfléchir d'autres lumières.

Éclipse totale de soleil,
C'est l'envers à la une

Qu'est-ce que tu fais ? m'a demandé Olivier le regard plein de reproches. Je prends des notes. Il a secoué la tête à l'horizontale, s'est déplacé, a heurté une femme enceinte, s'est excusé. La dame était superbe dans son boubou jaune et rose. Franchement tu crois vraiment que c'est le moment d'écrire ?

13

Quelques jours ont passé. Léa nous a demandé de répondre à sa place au téléphone. Quand son portable égrenait *La Marseillaise*, Olivier répondait. Sa voix changeait, devenait plus grave, plus ferme, celle d'un patron. C'était étrange. Comme s'il ne voulait pas laisser de champ à son interlocuteur. Non, non Léa n'est pas disponible, elle dort, elle vous rappellera, bien sûr, je vous promets, je note votre nom et votre numéro, je les lui communiquerai.

Il refusait de le laisser tergiverser, discutailler, insister sur le fait qu'il voulait absolument voir Léa. Léa avait donné ses ordres à Olivier, si c'est le rédac-chef de Louise, bien sûr tu me le passes, et si ce sont les parents, bien sûr aussi, j'ai pas le choix. Je leur parlerai, Léa, ne t'inquiète pas. Merci Olivier, de toute façon il faut régler la question de l'appartement. Oui, Léa, on va régler tout ça, oui je vais faire barrage. Olivier hochait la tête à la verticale en se massant la nuque avec la main droite.

Ça a sonné pendant des jours et des jours. Calme, toujours ferme, Olivier décrochait, oui, ça va, Léa va bien, enfin à peu près bien, non elle ne se fait pas aider pour le moment, non, elle n'est pas sous antidépresseurs, non elle ne souhaite voir personne pour l'instant, oui vous pouvez appeler le papa de Louise. Et il se faisait une joie de donner le numéro de téléphone de monsieur A. Puisqu'il voulait s'occuper des affaires de sa fille, et bien qu'il le fasse. Ainsi Olivier donna-t-il les coordonnées du père de Louise au journaliste suisse, ami de François Klein. Il riait, riait, se tenait le ventre en imaginant le père de Louise se fâcher en entendant un personnage aussi intéressé lui demander une photo sur laquelle figuraient Léa et Louise, il va faire une apoplexie, sa fille en photo avec une autre fille ! Il faudrait raconter ça à Léa plus tard, dans deux ou trois ans quand peut-être elle se sentirait un peu mieux.

Restait un problème : comment protéger Léa de l'actualité ? Il n'était pas compliqué d'éviter d'allumer la radio, la télé, de cacher les journaux auxquels nous étions abonnés. Mais un kiosque était installé juste en bas de la maison... Il ouvrait tôt et fermait tard, on n'allait tout de même pas enfermer Léa à double tour ! Bien sûr Olivier, bien sûr.

En se levant Olivier prenait le courrier et cachait les quotidiens. Les trois premiers jours, Louise et les deux autres journalistes tués figuraient en pleine page. Au quatrième jour, ils n'étaient plus qu'entrefilet. Dans deux mois, plus personne ne s'intéresserait à eux. C'est là qu'on devrait être le plus présent pour Léa.

Je m'interrogeais, Anne, ma sœur, comment vivrait-elle cet été si elle était encore vivante ?

Anne respirait toujours mal lors des saisons chaudes.

Je l'imaginais accueillant Louise là-haut, je ne sais où, comme elle avait dû accueillir ma grand-mère, comme elle avait dû aussi souhaiter la bienvenue à mes amis disparus, Irène et Éric, et à mon labrador adoré, comme elle avait peut-être aussi reçu Réglisse, le chat de la maman de Louise. La perte de cet animal, la perte de sa fille...

Ma sœur ne me manquait plus. Depuis mon passage chez la psy, et tout ce travail fait autour de ce deuil. C'était déjà ça, ça de positif pour Léa que je n'abandonnerais pas, jamais. J'étais plus mûre, plus sereine pour aborder cette nouvelle épreuve.

Il faisait un peu plus frais en ce début de journée quand Léa a parlé du rapatriement de Louise, de ses funérailles, d'un air détaché comme s'il s'agissait de quelque chose de commun, de normal, d'habituel. Elle n'avait pourtant connu qu'une seule disparition dans sa vie, celle de son épagneul lorsqu'elle était enfant. Il s'appelait Monsieur comme le chien de Marguerite Yourcenar.

Elle a évoqué le texte qu'elle souhaitait lire devant le cercueil. Comment demander ça à monsieur A. ? Jamais il ne l'accepterait, elle en était persuadée. Nous jurions, non, non, il ne peut pas t'empêcher de dire ce que tu as à dire, Léa. Léa souffrait, elle ne savait rien de l'organisation des funérailles. Monsieur A. et son ex-femme commandaient le cercueil, les fleurs, les plaques. Ils ne lui demandaient pas son avis.

Savaient-ils par exemple que Louise détestait les cercueils vernis, les poignées dorées, qu'elle n'aimait que le bois brut, elle le lui avait dit un jour après s'être rendue à l'enterrement d'une journaliste tuée en Algérie. Puis, dans la foulée, Léa s'est déclarée soudain trop isolée, ce furent ses termes, trop isolée. Oui bien sûr, j'ai mis tout le monde de côté, mais voilà maintenant j'ai besoin de mes amis, il faut que j'appelle Pierre, Jean, Loïc, Zoé, ils doivent s'inquiéter, ils veulent qu'on se voie, c'est sûr... Les noms étaient nombreux. Nous comprenons, Léa, nous comprenons, à partir d'aujourd'hui tu réponds au téléphone, d'accord ? D'accord.

L'œil rivé au plafonnier de la cuisine où un papillon se brûlait les ailes, elle est revenue sur le rapatriement, non je ne veux pas que l'on m'accompagne au rapatriement de Louise, je veux m'y rendre seule, oui, j'irai seule, je me cacherai, je ne veux pas que le père de Louise me voie, c'est le genre de type à m'agresser, je saurai à quelle heure l'avion arrive par ma rédaction, pour l'enterrement c'est différent, je veux tous ceux que Louise aimait. Et je veux Loïc ! Vous ne connaissez pas Loïc, c'est un garçon formidable, j'ai eu une petite histoire avec lui avant Louise, il est fin, intelligent...

Un amant ? Dont Léa ne nous avait pas parlé ? Et des amis précieux ? Elle qui nous déclarait la veille de l'éclipse que nous étions les seuls ?

Je découvrais que j'étais capable de bassesses, j'espérais en secret « qu'elle ne les aime pas autant que nous ».

Nous n'avions pas encore préparé nos œufs brouillés, Léa a souri quand Olivier lui a rendu son téléphone portable. Le petit mobile bleu turquoise est revenu dans sa main et ce fut comme un soulagement, une certitude pour nous qu'elle n'allait pas se donner la mort, notre hantise. La voir reprendre son mobile, ce fut comme constater que ses poumons se remettaient à fonctionner après une noyade. Ses phrases n'étaient plus que sourds murmures, vous savez, j'aimerais bien d'ici quelques jours, après l'enterrement, voir certains amis, ça ne vous ennuie pas qu'ils passent ici ? Non, non ça ne nous ennuie pas Léa, tu es chez toi, d'ailleurs tiens voilà ta clef, tu restes le temps que tu veux, un mois, un an, ce qui te convient.

Besoin de voir du monde, disait-elle, de parler, de me recueillir, de parler de Louise.

Elle se sentait prête. Elle en avait envie.

Dans cette lumière de fin d'été, elle n'a pas mangé, elle ne buvait que du café. Elle tremblait. La douleur et la caféine ne font pas bon ménage.

Un peu plus tard, dans la poubelle, j'ai vidé la poudre de café, l'ai remplacée par du décaféiné. Et j'ai refermé le paquet sur lequel figurait la mention café 100 % arabica. Léa n'y verrait que du feu.

14

Pourquoi le rapatriement du corps avait-il lieu à l'aube, comme s'il fallait maintenir une confidentialité ? L'avion qui ramenait les trois corps des journalistes tués était annoncé à cinq heures trente. Aube pour moi rimait aussi avec condamné à mort. Autrefois, en France, c'était à l'aube que frappait la guillotine. Au Texas, dans les couloirs de la mort, ce sont les premières heures de la journée qui sont choisies pour être meurtrières – juste après minuit. Je ne mettrais jamais les pieds dans ce pays, je me l'étais juré en apprenant qu'un nouveau prisonnier allait subir une injection létale.

Léa ressassait, elle irait seule à l'aéroport. Sa volonté s'affichait rebelle et solide. Quant aux exigences du père de Louise, j'en ai rien à battre ! Je ferai ce que je veux, que ça lui plaise ou non, je suis la femme de Louise, c'est comme ça, il n'y pourra rien changer. Ne m'en voulez pas d'y aller sans vous, c'est un truc entre elle et moi, seulement entre nous deux, je veux l'accueillir à son retour comme je l'ai toujours accueillie, seule dans les aéroports, vous savez, elle adorait, Louise, me trouver là quand elle avait récupéré ses bagages, je ne veux pas manquer notre rendez-vous.

Nous respections son choix, oui, évidemment, Léa. Évidemment, nous comprenons, c'est bien, tu seras à ton rendez-vous, elle le sait quelque part, où elle est, elle attend ce moment.

Léa parlait vite. Ses mouvements, cette manière de se tordre les doigts et d'ouvrir les yeux par à-coups m'inquiétaient. J'épiais chacun de ses gestes, comme s'ils devaient m'avertir d'un danger imminent. J'avais peur pour elle, ça me prenait le ventre.

Débandade dans les entrailles, j'ai couru aux toilettes, me suis vidée. D'affreuses crampes m'empêchaient de verser les larmes qui affleuraient. Toutes mes pensées, toutes mes réactions étaient rassemblées vers mon ventre et mon ventre c'était Léa, Léa qui me faisait mal parce que je ne supportais plus qu'elle souffre. Et je ne supportais pas que Louise ait souffert. Gilles Meudon ne m'avait pas rassurée. Louise, Louise, Louise sur la terre couleur ocre de ce pays, ce pays que je ne connaissais que par la télévision, avait-elle compris ce qui lui arrivait ?

Les crampes ont repris de plus belle, c'était insoutenable, insoutenable d'envisager que cette mort soit réelle. Je priais moi qui ne croyais en rien. Mon Dieu, mon Dieu faites que Louise n'ait pas souffert et qu'elle soit bien, sereine, où qu'elle soit. J'ai rugi, silencieuse, les larmes sèches. Pourquoi les rédactions envoient-elles encore des reporters dans des pays en guerre ? Pourquoi ne sont-ils pas préparés comme des militaires ? Pourquoi encore chaque année, des journalistes meurent-ils dans l'exercice de leurs fonctions, tués par des armes qui ont été vendues par des pays ressemblant au nôtre ? Quand ce n'est pas tout simplement le nôtre. J'ai articulé : Saloperie de bon dieu et Pourquoi Louise, bordel, t'as pas mis un putain de gilet pare-balles ?

Dans nos mugs à tête de Mickey, le café sentait le gasoil. Le soleil se levait. Le Sacré-Cœur par la fenêtre se fardait de couleurs et d'ombres. J'ai scruté le ciel, il ferait beau sur l'aéroport de Villacoublay, c'était bien pour Louise, plus accueillant que la pluie...

Olivier s'est levé. Il était déjà habillé. Ses chaussures avaient besoin d'un sérieux coup de cirage. Il m'amusait, me troublait, Olivier, quand il jouait à l'homme, lui, si petit garçon tout au fond. Je ne l'avais jamais vu porter cette chemisette à manches courtes, cette couleur bleu pétrole lui allait à ravir. Bleu orage ? Bleu fond d'océan ? Bleu polaire ? Comment allait-il appeler cette teinte ?

15

Peut-être n'aurions-nous pas dû regarder le journal de treize heures à la télévision. Les images restent dans les salles obscures et fantasmatiques des boîtes crâniennes. Pour réapparaître plus tard quand on ne s'y attend pas et bouleverser les psychismes de leurs ombres.

Puisque le corps de Louise revenait ce matin, nous devions lui rendre un hommage. Ce fut pour nous une évidence. Celui à rendre aux défunts est personnel.

J'ai posé une bougie à gauche de la télévision, sur une table basse. Olivier m'observait, je l'entendais respirer, une petite respiration calme. Il ne m'a pas demandé pourquoi j'allumais la bougie. Les rituels n'ont pas besoin d'être solennels.

Le rapatriement du corps des journalistes a été annoncé entre un titre de politique française et une nouvelle économique, le CAC 40 avait encore fait des siennes. Sur le canapé, face à l'écran, Olivier me tenait la main. Nous avions froid. Le présentateur lisait son prompteur, « les corps de Louise A. et de Benjamin G.

ont été rendus à leur famille. Le Premier ministre et le ministre des Affaires étrangères se sont joints aux parents de nos journalistes pour accueillir les cercueils à l'aéroport... » Olivier a coupé le son.

J'ai murmuré un faible qu'est-ce que tu fais ? Il a bredouillé, je ne peux pas entendre ça, je ne peux pas ma chérie, excuse-moi. C'est pas grave Olivier, je comprends, viens, plus près, plus près de moi.

Il pleurait. C'est la première fois que je voyais des larmes sur son visage. J'ai posé la tête sur son épaule, je t'aime Olivier, je t'aime, on va y arriver, tu vas voir, ça va aller, on va aider Léa, je te promets, je te le jure, elle va aller mieux, doucement elle va aller mieux, ne t'inquiète pas. Alors il a gémi, je ne supporte pas ce qui arrive à Louise et Léa... C'est comme si cela frappait mon enfant, Léa est comme ma fille. Tu comprends ? Oui, je le comprends Olivier, oui.

Nous fixions l'écran devenu muet. Un gros plan sur le visage de monsieur A. barré de douleur, un autre gros plan sur celui du Premier ministre, et puis ce travelling quand les cercueils furent descendus de l'avion. Il y avait quelque chose d'irréel dans la situation. Quelque chose de l'ordre de la mise en scène cinématographique qui nous laissait pantois, en recul, hallucinés comme le chat pris dans les phares d'une voiture. Et plus encore frappés lorsqu'un plan large nous laissa découvrir la silhouette de Léa. Elle était debout, le regard fixe, à quelques mètres des officiels. Elle avait posé un chapeau sur sa tête, son menton était rentré dans une écharpe en grosse laine que nous ne lui connaissions pas.

Olivier ne pleurait plus. La bougie coulait, se répandait sur le plateau en bois de la petite table en dessinant un étrange sceau.

16

Il y a eu une messe. Il y a eu des gens qui se levaient pour lire toutes sortes de belles choses très bien écrites, des photos ont été projetées sur un grand écran, des photos en noir et blanc qu'avait prises Louise en Irak, en Israël. Louise adorait la photo. Si elle n'était pas professionnelle, elle avait un sacré talent.

Le rédacteur en chef de Louise a appelé les parents à être fiers de leur fille qui avait servi le journalisme. Puis il a parlé de leur douleur de mère et de père avec une infinie douceur. L'amie d'enfance de Louise a lu un poème de Rilke. Dans son smoking noir elle ressemblait à un acteur hollywoodien qui vient de recevoir un Oscar.

Il y a eu la pluie au-dessus de l'église, à l'arrivée et à la sortie du cercueil, un cercueil verni clair muni de poignées dorées. Il y a eu des fleurs rouges, toutes rouges parce que Louise en avait offert à sa mère peu de temps avant en lui disant ce sont mes préférées. Et il y a eu Léa qui se leva d'un bond en murmurant alors que nous la maintenions sur le banc, il faut que j'aille parler, il le faut, je veux lire mon texte, je veux le lire à Louise.

Alors il y a eu ce frein verbal que nous avons dû actionner Olivier et moi en retenant fermement Léa au fond de l'église, non, non Léa, ne fais pas de scandale, ça ne sert à rien, monsieur A. ne veut pas, laisse tomber, tu iras voir Louise au cimetière, seule, quand tout le monde sera parti, ce soir ou demain. Mais je suis sa femme, je suis sa femme, ils n'ont pas le droit de m'empêcher d'être près d'elle, avec elle.

L'insistance de Léa, avec ces mots-là, à cet instant-là, devant le cercueil de son amour, ce fut un traumatisme dont ni Olivier ni moi ne nous remettrions, nous en étions conscients. Le père nous avait dit à l'entrée de l'église visant Léa de l'index, OK elle entre mais elle ne se montre pas et surtout elle n'intervient pas ! Je ne supporte pas cette fille !

Toute sa vie Léa serait blessée par le souvenir de cet instant.

L'un contre l'autre, flanc contre flanc, main dans la main, nous étions tous les trois cachés dans l'ombre, au fond de cette petite église du XXe arrondissement. Gambetta, le quartier où vivaient ensemble Léa et Louise. Quelques minutes plus tôt, nous étions passés devant la mairie. Léa avait baissé la tête, ses lèvres avaient dessiné quelques mots, où l'on aurait pu se pacser Louise et moi.

Le prêtre opérait à coups de larges qualificatifs ; nous retenions notre révolte.

À la sortie de l'église, nous avons rejoint le Père-Lachaise. À pied, nos yeux fixant le sol, nous sommes passés devant une grande porte, celle de la Coupole, un lieu sublime, comme une cathédrale moderne. Des grappes de gens vêtus de noir attendaient. Il y avait des photographes partout, j'ai hurlé, non, mais quoi, on n'est pas au festival de Cannes ! Olivier m'a prise par l'épaule, calme-toi ma chérie, ne t'inquiète pas, ce n'est pas pour Louise que toutes ces télés sont présentes, au même moment on incinère un acteur, tu sais ce grand mec qui a les yeux vairons, je ne me rappelle jamais de son nom. Pour Louise, ne t'inquiète pas, ce sera sobre, il n'y a que les chaînes principales d'info. Mais pour le comédien, sûr, c'est de la folie, pas terrible pour la famille, comment on peut se recueillir dans cette ambiance, des dizaines de programmes ont envoyé leurs cameramen et leurs preneurs de son.

Je n'ai pas pu m'empêcher de lancer, ah oui la mort est sonore maintenant !

Nous nous sommes éloignés vers le cœur du cimetière. Étudiante, j'allais m'y promener, rêvasser, écrire. J'étais devenue dingue d'un chat, une grosse femelle grise qui vivait entre les tombes. À peine étais-je assise prête à ouvrir un livre qu'elle venait vers moi, se frottait à mes jambes en ronronnant. Un temps je l'ai nourrie. Puis un jour elle a disparu, je ne l'ai plus jamais revue. Arc, c'est le nom que je lui avais donné. Le jour où je l'ai rencontrée un arc-en-ciel dominait le cimetière.

Les journalistes suivaient le cercueil du chanteur, nous ne voyions plus celui de Louise.

Nous avons longé des allées bordées d'arbres, des tombes d'une autre époque recouvertes de mousse, des tombes récentes bordées de fleurs fraîches. Le soleil était haut. Nos ombres nous devançaient. Léa s'est arrêtée, non, non, finalement n'y allons pas, ils vont me voir, les parents vont m'apercevoir, je reviendrai, je serai seule avec elle.

Un chat est passé devant nous, un gros matou noir et blanc. Regardez, c'est un signe, Louise me fait un signe. Oui Léa, oui Léa, bien sûr.

Les yeux fixes, nous avons quitté l'enceinte du Père-Lachaise. Et sommes entrés dans un café. Un petit bar à l'ancienne où les serveurs rivalisaient d'argot parisien.

Léa avait envie d'un Coca avec du citron s'il vous plaît. Elle détestait pourtant les agrumes. Olivier en a commandé trois. On a trinqué « à Louise, à Louise ». Quand Olivier est descendu aux toilettes, Léa a souri, puis a ri, mais dans ce rire toute la tension des heures passées éclatait. Ses pupilles ont dardé les miennes : c'est trop dur, je veux dormir avec toi et Éclipse ce soir. Je n'arrive pas à vivre, aide-moi, aide-moi. OK, OK, Léa je dors avec toi. Et Éclipse avec nous, hein dis-le, je ne veux pas rêver de Louise, je ne veux pas rêver de guerre, je veux dormir. Oui Léa, je vais rester avec toi cette nuit, ne t'inquiète pas.

17

À la fin de la semaine sont apparus les amis de Léa et Louise.

On ne savait plus qui était qui. Léa nous présentait. La plupart étaient journalistes. L'un travaillait à la télé, l'autre au *Monde*, au *Figaro*, ou à *Libé*. Léa jouait à la maîtresse de maison. Elle offrait ici du thé, là du café ou un verre de rouge. Ses traits étaient tirés, aucune luminosité ne l'éclairait plus. Son visage dessinait sa peine. Souvent nous nous sentions de trop, particulièrement quand les amis de Louise faisaient leur entrée. Comme hébétés, nous ne savions pas quoi dire quand l'un ou l'autre des amis de Léa et Louise s'écroulait en larmes. Nous ne connaissions en fait rien de cette nouvelle vie qu'avait vécue Léa depuis six mois. Elle nous avait échappé.

Au bout de quelques jours, nous avons laissé la porte entrouverte.

Des gens entraient, sortaient, s'embrassaient, pleuraient. Ils s'asseyaient, buvaient du café, du thé, du Coca, du jus d'orange, allaient dans la cuisine, concoctaient de nouvelles cafetières, de nouvelles théières. Les questions fusaient, la guerre, les soldats, la vente d'armes à ce pays, cette mort en mission avait-elle un sens, un sens historique ou n'était-ce qu'un incident, un accident ? L'histoire, l'histoire qu'elle défendait tant, lui avait pris sa vie. Quel était le rôle d'un grand reporter ? Jusqu'où pouvait aller la nécessité d'informer ? Pourquoi Louise ne voulait-elle pas porter un gilet pare-balles ? D'accord, le vêtement est lourd, mais c'est indispensable ! Tout de même Louise n'était pas une tête brûlée ! Pas du genre à ouvrir la porte de sa voiture à un homme armé d'une kalachnikov sans prendre ses précautions ! Et ni inconscients ni fous furieux les deux autres journalistes ! Comment ça a pu arriver ? Pourquoi le chauffeur n'avait-il pas verrouillé les portes de la voiture ? Qui vendait des armes à ce pays ?

C'était comme si l'actu, cette actu qu'ils avaient tant aimée, qui les avait séduits, motivés, fait courir, fait aller de l'avant, comme si cette actu les avait trompés, les avait trahis.

Léa ne me regardait plus, m'évitait, sans cesse prenait Olivier par la main, posait sa tête sur son épaule. Je me souviens avoir ressenti de la gêne, l'interrogation me taraudait : ses amis doivent trouver ça bizarre, ils pensent sans doute que c'est son mec, que Louise n'était pas seule dans son cœur.

Je l'ai rejointe dans la cuisine, elle découpait un cake, ça va Léa ? Pas de réponse. Elle a quitté la cuisine comme une souris se sauve, vite, à petits pas.

Qu'avais-je pu faire qui la contrarie ?

Avais-je dit quelque chose d'impossible à entendre ?

Ou n'avais-je pas dit ce qu'il fallait ?

Et si je l'avais trop collée l'autre nuit dans le lit ?

Mais n'était-ce pas elle qui se blottissait contre moi ?

Il faisait plus chaud. Un jeune homme s'est présenté à la porte. Il n'osait pas entrer. Excusez-moi, je cherche Léa, est-elle ici ?

Je n'arrivais plus à détacher mon regard de lui, de son nez, de ses yeux, de la courbe parfaite de ses mâchoires, de son cou, de son torse, de sa peau découverte dans le col de sa chemise. Et de ses cuisses fines et musclées sous son pantalon en toile précieuse. Il s'offrait à nous, simple et élégant. Beau, vraiment beau. C'est très rare d'être à ce point parfait. Il répondait à tous les canons esthétiques.

Il m'a semblé que je l'avais déjà vu quelque part. Où ? À la télé, ça y est, ça me revenait, c'était l'animateur qui avait remplacé l'intervieweur des stars pendant l'été.

Il a serré Léa dans ses bras, t'inquiète pas, t'inquiète pas, elle n'a pas souffert, Louise ne s'est rendue compte de rien, maintenant il faut que tu partes, loin, en reportage, un truc doux, on va y réfléchir, je t'accompagnerai si tu veux, Léa, où tu veux...

Olivier les observait. Je l'ai surpris les épiant. Il était blanc, ses veines affleuraient la surface de son cou.

N'était-il pas en train de tomber amoureux de Léa ?

18

« C'est rien de mourir, je voudrais te dire Léa c'est rien, ça fait un peu mal mais après c'est vraiment bien, j'en suis certaine, c'est exactement la même chose que quand t'étais pas née. »

Ce sont les mots que j'ai écrits pour elle ce soir-là avant de m'endormir.

Dans la pénombre, Olivier et moi avons fait l'amour. Olivier luisait de transpiration. C'était bon, doux et violent et puis Olivier connaissait si bien les reliefs de mon désir. J'étais au bord de l'orgasme quand j'ai entendu un bruit de pas. Nous nous sommes arrêtés. Olivier a dit c'est pas bien, on ne devrait pas. Non, t'as raison, on ne devrait pas.

Au bout du couloir, la chambre d'amis était allumée. Je me suis levée. J'ai noué la ceinture d'un peignoir attrapé au vol. Un peignoir en coton sur lequel ma mère, en cadeau de Noël, avait fait broder nos initiales. La souplesse de l'éponge longtemps nous avait agréablement surpris.

En ouvrant la porte, j'ai sursauté. Une silhouette, à quelques mètres, face à notre chambre titubait. Léa, un mug à la main, debout dans le couloir, nous observait. Nous avait-elle surpris ?

Elle a filé comme une ombre vers le réfrigérateur. A saisi un yaourt, l'a reposé, pas faim, j'ai pas faim, je ne veux plus jamais avoir faim, plus jamais manger ce qu'aimait Louise...

Je me suis approchée d'elle. Je n'osais pas la consoler, je n'y arrivais plus, j'étais perdue, coincée, interdite. Nous avait-elle vus, entendus faire l'amour ? Trouver un sujet de conversation. Vite, vite, arrêter la machine à non-dits. Je me suis ordonné, trouve un truc, dévie le temps, allez hop enchaîne sur autre chose. Tu trouves pas, Léa, qu'Éclipse a déjà grandi ? Euh, non pas vraiment, tu trouves toi ? Oui, elle a poussé, enfin je crois.

Je me suis baissée pour la caresser, Éclipse, tu es mimi, vraiment mimi, il va quand même falloir qu'on fasse connaissance, toi et moi.

Léa se détendait, souriait en fixant Éclipse. Je me sentais soudain sereine, comme réconciliée avec elle. Alors Léa, t'as fait une insomnie ou quoi ?

Jusqu'au petit matin, ses yeux ont pétillé. Elle me disait Louise, le week-end qu'elles avaient passé toutes les deux au Grand Hôtel de Cabourg, le petit déjeuner du matin au rez-de-chaussée et les chevaux qui couraient sur la plage ; plus tard cette découverte qu'elles avaient faite de l'île d'Yeu puis de l'île de Ré ; et puis cette copine qu'elles avaient rencontrée lors de la Gay Pride, une journaliste française qui vivait à Pékin avec une Chinoise ; cette fille avait fait un reportage en Chine du Sud sur les femmes aux pieds bandés. Elle m'a raconté cette tente achetée au Vieux Campeur quelques jours avant le départ de Louise pour ce pays en guerre.

Le regard de Léa s'est terni. Tu sais, on devait aller au Québec, en septembre, les campings canadiens autour des lacs grands comme la mer, c'est génial à cette période de l'année. Puis son visage s'est à nouveau éclairé d'un sourire alors qu'elle évoquait la douceur de Louise, Louise qui, disait-elle, était d'une écoute remarquable ; particulièrement le jour où je lui ai expliqué que longtemps, sans pouvoir me raisonner, j'avais été troublée par toi, interdite, incapable de tout geste, toute parole, parce que j'admirais tellement le couple que vous formiez, Olivier et toi.

J'ai sursauté, n'ai pas osé poser la question qui me submergeait soudain : comment ça, comment ça tu as été troublée par moi, Léa ?

Quelques minutes ont égrené des chapelets de silence. J'étais mal à l'aise, une envie de sortir de la pièce, de foncer boire un thé dehors, dans n'importe quel café ouvert, m'a saisie. J'ai contracté mes muscles, je ne devais pas bouger, ne rien montrer, je me suis injuriée, mais qu'est-ce que t'as, ma fille, à être tout à coup aussi bizarre, ça ne te touche pas, ça ne doit pas te toucher, Léa est une amie, un point c'est tout, une amie, tu ne dois pas tirer une once de fierté, ou de plaisir à avoir appris cette chose, enfin quoi c'est du délire, Léa va mal, elle dit n'importe quoi, elle ne sait plus ce qu'elle dit. Léa s'est redressée, elle a grimacé, j'ai mal au dos, je vais sur le canapé, il faut que je me détende. Tu viens ?

Doucement, j'ai quitté ma chaise, le plus doucement possible, tu veux de l'aspirine, Léa, quelque chose d'autre ?

Dans les coussins en velours, dans le noir, sans autre lumière que celle diffusée dehors par les réverbères de Paris, nous nous sommes assises. Je n'arrêtais plus de me répéter elle a été troublée par moi, c'est une folie, je n'ai rien remarqué, comment aurais-je réagi si j'avais su ? Et Louise, pauvre Louise, elle a dû se méfier de moi.

Il fallait enchaîner, quitter ces pensées au plus vite, je devais paraître bizarre, Léa allait le remarquer, il ne fallait pas qu'elle s'en aperçoive. J'ai lancé : Et si on allait promener Éclipse au bois de Boulogne demain ? Oui, on peut, bien sûr, si tu en as envie... Elle respirait à peine, son parfum me parlait d'ambre et de vanille. Puis je lui ai posé la question, parce qu'il le fallait, j'avais besoin de savoir, dis-moi Léa, c'est vrai, tu as vraiment été attirée par moi ? Elle a relevé ses cheveux, elle s'est redressée, m'a écarté les bras, et m'a pressée contre elle. Je me suis raidie, mes bras me semblaient peser des tonnes. Je ne bougeais plus. Que devais-je faire ?

Je me sentais toute petite, comme rassurée et couvée, mais j'avais aussi mon cœur qui battait à toute allure, et mes yeux qui brûlaient, une chaleur étrange envahissait mon ventre, mes yeux se sont fermés, sa peau contre mon menton, ses mains dans mon dos, comment cela pouvait-il à ce point me paraître doux, j'ai eu envie de la presser plus fort contre moi, de faire entrer cette douceur dans ma chair, dans mes veines, dans ma tête, mais je n'ai pas bougé, les mots affluaient et ressemblaient à des sanglots, qu'est-ce qui m'arrive, qu'est-ce qui m'arrive ?

Combien d'heures sommes-nous restées dans cette position, elle penchée en avant, vers mon torse, tête tombante, m'entourant de ses bras, moi raide, redressée, évitant tout autre rapprochement ? Combien d'heures ? Je l'ignore. Deux heures ? Trois heures ? Puis l'aube est apparue. Comme on enlève le fruit délicat de son arbre, doucement, je me suis détachée de Léa. Nous sommes restées assises, à distance. Je la fixais quand elle ne me regardait pas, elle m'observait quand je regardais ailleurs. J'ai saisi un coussin, un joli coussin de couleur pastel, et l'ai placé entre nous. Son regard s'est posé sur moi, tu as peur d'être près de moi ? Non, Léa pas du tout, pourquoi tu dis ça ?

Enfin, elle s'est levée, a regardé par la fenêtre la petite place faisant face à l'immeuble et a indiqué de l'index un passant. T'as vu, on dirait votre ancien proprio, il a le dos aussi voûté, tu te rappelles quand il vous a demandé d'enlever le basilic de votre balcon ? J'ai senti mes muscles se détendre, je retrouvais une situation que je connaissais, Léa me racontant ses histoires de cœur et de boulot, des anecdotes, des détails qui la faisaient rire ou la surprenaient. Oui, Léa, il ressemble vraiment au proprio.

J'étais soulagée de ce virage en anecdotes. Je suis retournée me coucher.

Je me suis blottie contre Olivier. J'adorais sa peau et j'aimais ce petit ronflement si léger qui rythmait sa respiration, son sommeil. Je me suis endormie. Je n'arrivais pas à croire que c'était vrai, Léa avait perdu Louise.

Au petit matin, j'avais terriblement envie de lui. De sa peau, de ses mains, de sa bouche. Sans préliminaires, il m'a prise. J'ai gémi, je t'aime, je t'aime. Je retenais les images, les couleurs dans ma tête. Le visage de Léa, il venait, s'imposait, non pas ça, mais ça me collait au cerveau, ça revenait sous mes paupières, cette manière de relever ses cheveux, son sourire, ce petit tatouage bleu dans le creux de ses reins ; il apparaissait quand son jean s'abaissait, alors qu'elle s'accroupissait. J'ai gémi, arrête Olivier, arrête, je ne peux pas, il ne faut pas. Et je me suis levée.

TROISIÈME TEMPS

Léa et moi

1

Le Chanteur m'avait donné rendez-vous dans une brasserie, place Clichy. Ce n'était pas très branché mais c'était sympathique. Son message sur ma boîte vocale datait du milieu d'après-midi. Peut-on se voir samedi à 10 h 30 ? Deux de vos textes m'intéressent, j'aimerais les mettre en musique. Le Chanteur était assez précieux et vieillot dans son ton, son vocabulaire. Olivier était stupéfait, tu te rends compte un type de cette envergure qui veut te voir pour te parler des textes que tu lui as envoyés, c'est formidable, mon amour. Il m'a embrassée dans le cou, sur ce centimètre sous l'oreille où, dit-il, j'ai la peau plus fine. Viens, on va le dire à Léa, ça va lui faire plaisir. J'ai fait non, non, de la tête, simple mouvement horizontal. Non, il ne fallait pas. Il s'agissait d'éviter de lui envoyer en pleine figure notre bonheur de vivants. Et si elle me demande ce que c'est, si elle veut voir mes textes, Olivier, tu te rends compte, je ne peux pas lui faire lire le dernier, ça la concerne trop ! Mais si tu lui montres, elle comprendra. Olivier aurait dû se prénommer Confiance !

J'avais écrit *Kalachnikov* après la mort de Louise, le temps d'une insomnie, et étais aussitôt descendue poster le texte au Chanteur. Le reste de la nuit n'avait été que reproches.

Comment avais-je pu écrire sur une si douloureuse histoire ?

Qu'étais-je en train de voler à Louise et Léa ?

Leur histoire ? Leur amour ?

Ce texte sur deux filles qui s'aiment et dont l'une meurt dans un pays en guerre, comment pouvais-je mettre cela en chanson ?

Jusqu'où a-t-on le droit d'écrire ?

N'est-ce pas trahir que d'écrire ?

Il faut se méfier des écrivains.

Je me sentais pilleuse de tombe, archéologue devant un sarcophage.

Olivier jurait que j'étais libre, c'est aussi ton histoire mon amour, tu es dedans, à l'intérieur, tu l'as vécue aussi, différemment, tu as le droit d'écrire. OK. Mais de là à en parler à Léa, Olivier ? Déjà on verra plus tard, ma chérie, après le rendez-vous avec le chanteur. Qu'allait-il me dire ?

Je fouillais mon placard, tout était trop grand, j'avais bien perdu une taille. Comment allais-je m'habiller pour ce rendez-vous ?

Le Chanteur serait-il en cuir, comme je l'avais vu récemment à la télé, une grosse barrette orange dans les cheveux ?

Un jour, pensai-je alors que je me regardais dans le miroir, cela fera deux ans, dans deux ans Léa ira mieux, enfin devrait aller mieux. Deux ans après le décès de mon amie Carole, deux ans après celui de ma sœur, j'avais senti la différence, la vie était remontée dans mes veines, s'infiltrant menue et riche comme une sève, de molécules en vaisseaux.

J'étais en slip et soutien-gorge quand Léa est entrée dans la salle de bains. Elle était en t-shirt, jambes nues. Elle avait maigri, beaucoup trop. Cela faisait deux semaines aujourd'hui que Louise était morte. Ce ne sont pas des anniversaires qui se fêtent. Tout juste peut-on chuchoter, comment ça va aujourd'hui ? de manière un peu plus appuyée que les autres jours. Il y avait eu l'anniversaire des premières vingt-quatre heures, puis l'anniversaire de la première semaine. Olivier s'était débrouillé pour rester à la maison. Il n'avait pas expliqué à Léa pourquoi il ne bossait pas. C'était son attention à lui, sa délicatesse. Olivier est un garçon qui ne parle pas beaucoup mais qui est très sensible, toujours dirigé vers les autres, ceux de son entourage proche, il se moque des plus lointains. Surtout de ceux qui l'ont trahi.

Le soleil a inondé la salle de bains. Dans le miroir nos regards se sont croisés, nous nous sommes souri, cette affection entre nous...

D'un geste brusque, elle a saisi sa brosse à dents, son gobelet a failli tomber en percutant le mien. Nous avions chacun notre gobelet, notre serviette, la vie s'organisait, communautaire.

Léa voulait savoir. Où tu vas, à un rendez-vous, avec qui ? Je ne peux pas te le dire, Léa. D'accord je ne pose plus de question, je t'accompagne quand même ! Je resterai dehors, je ne regarderai pas. OK Léa, OK. Euh, dis-moi, juste encore cette question : t'as quand même pas un rencard avec un mec ? Non, non Léa. Une nana alors ? j'en étais sûre, t'aimes les filles ! Mais non, Léa, non !

2

Léa et moi marchions vers la brasserie. Nous nous heurtions parfois à un coude, un sac à main, nous nous excusions, pardon, pardon. Souvent on nous répondait en anglais, *sorry, sorry*.

Devant les sex-shops, Léa baissait la tête, cette abondance de références sexuelles me suffoquait. Éclipse marchait devant nous, Léa tenait la laisse, l'observait. Toute son énergie semblait être rassemblée dans la promenade d'Éclipse. Dans le ciel, des nuages s'amoncelaient. La lumière devenait fluorescente, une lumière pour faire des photos, tu sais la lumière d'après l'orage donne des reliefs incroyablement précis à ce qui nous entoure, t'as remarqué ? Oui bien sûr, Léa, j'ai remarqué.

J'avais soudain une envie folle de faire l'amour. De retrouver Olivier et de le plaquer sur le lit, de le déshabiller doucement. Et de lui ordonner de me pénétrer tout de suite. Olivier, Olivier, où es-tu ? Sauve-moi, Olivier, prends-moi... Une chanson surgissait.

Léa s'est arrêtée, Éclipse faisait pipi sous un arbre. Le ciel s'obscurcissait, il risquait de pleuvoir à tout instant.

Tu sais, je ne sais pas comment te dire ça... Elle a hésité, ses sourcils semblaient se rejoindre barrant son front. Quoi Léa ? Quoi ? Eh bien, je ne comprends pas ce qui m'arrive et je ne peux en parler à personne, c'est tellement fou, je... comment dire ? Dis Léa, dis-moi. Eh bien tu sais il y a une chose qui me fait peur...

Ses lèvres se sont contractées. Je lui ai demandé si elle était malade, si elle ne voulait pas s'asseoir. Il y a un banc libre un peu plus loin, viens Léa. Non, restons ici... Écoute, c'est pas facile à dire. Comment te dire ? Hier, vous vous êtes absentés ? Oui, Léa pourquoi ? Et bien voilà, hier j'ai eu envie de sauter sous le métro, ça m'a pris d'un coup, j'avais l'élan dans les jambes mais je me suis arrêtée net quand la rame est arrivée. Le métro... Que cette pensée l'ait effleurée me terrifiait. Et si ça recommençait, si cette idée revenait, que devait-on faire ? Avertir son médecin ?

Tu n'en parles à personne, pas même à Olivier, promets-le-moi. Je te le promets, à personne, Léa, promis.

Mais, Léa, tu ne veux pas mourir ?

Léa, yeux braqués sur Éclipse, ressemblait tout à coup à un oiseau voûté, non, je ne veux pas, je ne le ferai pas, ne t'inquiète pas, mais comment vivre sans Louise ?

Un vieil homme s'est avancé vers nous, il portait un treillis. Léa l'observait, il me rappelle les vétérans qu'on voit à Moscou, ils reviennent de Tchétchénie. Des larmes ont coulé sur ses joues, les vétérans tchétchènes qui vivent dans le métro de Moscou, c'était l'avant-dernier reportage de Louise...

Le vieil homme a tendu la main, vous n'auriez pas une petite piécette. Bien sûr qu'on avait une pièce et même dix pièces, pas de problème, l'argent n'a pas d'importance quand le drame vous scie en deux. J'ai cherché à extirper quelques francs de ma poche de pantalon. Je ne les trouvais pas, toujours cette foutue manie, aurait dit Olivier, de ne pas avoir de porte-monnaie et de tout fourrer dans son jean. Léa a tendu un billet.

Nous avons marché sans relever la tête. Toute notre attention se portait sur Éclipse, ses arrêts fréquents pour uriner sur les traces d'autres chiens, cette manière de trotter en tournant la tête vers nous comme si elle voulait voir si on était toujours derrière elle, ces grondements quand un gros berger ou doberman passait dans l'autre sens. Je peux te dire autre chose ? Oui, Léa, bien sûr. Voilà... je suis sortie chercher du pain, j'ai vu une fille, et je l'ai filée, je n'avais jamais fait ça. Mais qu'est-ce que tu racontes Léa, comment ça t'as filé une fille ? Oui, j'ai fait ça, je crois que je suis en train de devenir folle, je sais c'est choquant un truc pareil, mais j'avais vraiment envie de faire l'amour, je ne comprends pas, c'est comme si tout à coup j'avais été supersexuée, comme ça ne m'est jamais arrivé, je te jure, un truc de dingue.

Tu te rends compte, avoir tellement envie de faire l'amour, si tôt, Louise vient juste de partir, je suis un monstre...

Impossible de retenir l'image. Je nous revoyais, ensemble, sur le canapé, j'étais dans ses bras, j'étais bien, tellement bien, j'avais eu envie de la serrer plus fort contre ma poitrine. Moi aussi j'étais monstrueuse.

J'ai regardé une boutique à gauche sur le boulevard. Je ne respirais plus quand j'ai chuchoté, non, Léa tu ne l'es pas, tu es vivante c'est tout.

J'ai enchaîné, pour la mettre à l'aise, lui indiquer que je pouvais tout entendre. Quand ces idées étaient-elles arrivées ? Léa quand, quand ça a commencé cette chose, cette envie de filles dans ta tête ?

Elle s'est accroupie, a caressé Éclipse. Éclipse qui s'est tournée vers elle, elle haletait, n'en finissait plus d'essayer de donner la patte à Léa, mais n'y parvenait pas. Il faudra que vous lui appreniez, Olivier et toi, à tendre sa patoune, elle a envie de communiquer, ce qu'elle est mimi, l'arrivée de cette petite noiraude est une bonne chose de la vie ! Son sourire était grave. Elle s'est relevée, a pris mon bras, viens, on va s'asseoir, c'est vrai, on sera mieux là-bas, sur ce banc.

Un platane dominait le banc. Un clochard quelques mètres plus loin remplissait des sacs plastique de canettes vides, son curieux chapeau en forme de tour Eiffel attirait l'attention des touristes. Certains le photographiaient, ses cils arachnéens papillonnaient alors et il décochait un sourire radieux. Écoute, Léa, c'est pas grave cette histoire de fille, ce qui est plus grave c'est le métro. Non, ça c'est fini, je sais que j'ai encore des choses à faire sur cette terre, je veux retrouver tous les reportages de Louise, en faire une compilation, un CD. Et puis un livre aussi, je vais transcrire ses reportages, chercher des photos en agence qui correspondent au moment où elle a fait ces boulots. Il faut que je contacte un éditeur.

Elle parlait vite, trop vite. Ses mains s'agitaient dans l'ombre de l'arbre centenaire. Tu crois que je vais trouver quelqu'un pour éditer tout cela ? J'ai chuchoté un oui qui me parut être une caresse portée sur une sale blessure.

Ce n'était plus de la tristesse que je lisais dans son regard mais bien plutôt de l'étonnement. Son menton semblait rejoindre le petit creux séparant ses deux clavicules. Tu sais, faire l'amour, comme ça, avec n'importe qui, ça revient, je n'arrive pas à me l'interdire, je ne comprends pas, c'est une pulsion, c'est violent...

Ses maxillaires se sont crispés, ça a commencé le premier soir, celui de, euh, l'assassinat, enfin, euh, l'accident de Louise... Disons l'accident... C'est arrivé quand j'étais chez vous, je me suis dit qu'il fallait que je me remplisse, le jour du rapatriement, j'étais vraiment choquée tu sais, et en colère, eh bien j'ai rencontré une fille.

Une fille, elle avait rencontré une fille quelques jours après la mort de Louise !

Elle n'était donc pas sérieusement attirée par moi. J'étais soulagée. Et agacée.

Qu'avais-je le droit de lui demander sans que cela soit impudique ?

J'ai chassé de ma tête le prénom de Louise qui venait en une fulgurante litanie, Louise, pauvre Louise, comment peut-elle te faire ça ?

Je serrais les poings, dis-moi, que s'est-il passé Léa ?

Et bien, je l'ai trouvée très belle, c'est tout, et j'ai eu très envie d'elle. Et tu as fait quelque chose avec elle ? Non, rien, je l'ai juste suivie quelques minutes, elle s'est retournée, je me suis aperçue qu'elle ressemblait à Louise, elle avait les mêmes cheveux, elle m'a souri, j'ai filé vite fait.

Léa m'a prise par le bras, ça ne t'est jamais arrivé ?

Ses yeux suppliaient, dis-moi que tu as déjà vécu ça, rassure-moi.

Oui, ça m'était arrivé, juste après la mort de Carole, ma meilleure amie ; elle qui ressemblait tant à Anne, ma sœur Anne. Elle avait été retrouvée chez elle, seule, étalée sur la moquette. Son sang était chargé d'alcool et de médicaments. Elle avait passé quelques mois à Sainte-Anne, on la disait bipolaire. Bipolaire, comme un anorak, ça la faisait rire. Nous passions des heures à la cafétéria de l'hôpital à discuter, évoquer des souvenirs. Elle s'inventait un avenir et je feignais de croire que son futur était à Cannes, bien sûr, sur les marches du palais des Festivals où des photographes du monde entier appelleraient son sourire. Je ne t'en ai jamais parlé, Léa ? Non, tu ne m'en as pas parlé, que s'est-il passé ?

Alors qu'Éclipse guettait les pigeons, je me suis confiée à Léa.

J'ai raconté à Léa mon retour de Marrakech où j'étais partie, seule, pour écrire ; l'arrivée à l'aéroport ; les bagages à récupérer et le portable qui sonne, et que l'on décroche parce qu'on est content de retrouver ses marques occidentales ; puis ces mots, ces soupirs, ces silences qui s'entremêlent pour vous annoncer le décès de celle qui est votre amie ; la mort de Carole. Le soir même, Léa, tu sais, je ne l'ai jamais dit à personne, j'ai rencontré un garçon dans un bar, un café tout ce qu'il y a de plus traditionnel à Pigalle, pas du tout un bar à bouchons comme on pourrait l'imaginer, et je suis rentrée avec lui, mais nous n'avons pas fait l'amour non, nous avons baisé, baisé à plus soif. J'avais honte et la honte se parait de délice. L'inconfortable devenait explosion et débâcle des sens. Carole était morte la veille, Léa ! C'était comme un besoin de respirer, de vivre, et ensuite j'ai eu honte. Ce n'est pas une belle histoire, c'est du remplissage, tout simplement du remplissage, de la goinfrerie, de la boulimie, une lutte contre le néant, une violence faite au mental, un appel au secours qui trouve un sens, comme une nécessité immédiate de se reproduire, de redonner vie. Mais le pire, Léa, c'est que j'avais osé avec lui des choses et des caresses que je n'avais jamais osées avec d'autres.

Tu l'as revu ? Non, jamais Léa, jamais.

Raconter à Léa ne relevait pas de la facilité. Je craignais qu'un mot, trop vite lancé, ne la brusque ou la blesse. J'étais effrayée aussi de confier mon secret.

Léa, Léa, que cela reste pour toujours entre nous, nous deux, personne d'autre. Le lendemain j'ai foncé chez une psy. Bien sûr, bien sûr je te promets, je n'en parlerai jamais à personne.

J'ai retenu un hoquet, les larmes affleuraient, tu vois Léa, j'ai pris rendez-vous chez la psy parce que je me sentais sale, je voulais savoir, comprendre, cesser de culpabiliser. Pourquoi, le lendemain de la mort de ma meilleure amie, avais-je fait une telle chose ? Pourquoi ? Elle m'a expliqué. Léa...

Choqué par la mort de quelqu'un que l'on aime, totalement déstabilisé, la vie semblant ne plus avoir aucun sens, on peut tous soit bloquer pendant des années, soit tout à coup faire des choses inimaginables. Des fantasmes refoulés peuvent réapparaître. On est capable de les réaliser, Léa. Parce que l'on n'a plus rien à perdre. Faire l'amour est encore le plus fort des actes. L'acte qui désacralise, qui salit ou embellit, refoule la réalité, la tient à distance, remplit d'une autre force, une force de vie. Voilà ce que m'a dit la psy, elle avait reçu des veuves très strictes qui, le soir de la mort de leur mari, s'étaient données au premier venu. Des mères de famille qui, après la mort de leur meilleure amie, ont passé onze heures à l'hôtel avec un voisin qu'elles n'avaient même jamais regardé. Ça arrive, Léa, ça arrive. C'est une manière de combler le vide, le manque, d'oublier quelques instants l'horreur. Mais personne ne l'évoque, ne le confesse, c'est pourtant commun, un sujet tabou. Le plus grand des tabous.

Alors c'est normal ?

Oui, Léa.

Alors c'est bien qu'on en parle, toi et moi. Oui, c'est bien qu'on en parle, Léa.

3

Installée en terrasse, Léa m'a regardée entrer dans la brasserie. Le Chanteur était assis dans un coin. Il ne portait pas de lunettes noires mais un béret rouge. Sa barrette orange tenait une mèche de cheveux. J'étais heureuse d'en être la spectatrice privilégiée. Il m'a regardée longuement, mes jambes tremblaient, le trac montait.

J'ai fixé ses mains, il avait un minuscule tatouage sur la phalange la plus fine de son petit doigt gauche, c'était joli.

Votre chanson, *Kalachnikov*, elle est dure ! Je ne pense pas pouvoir la chanter. Les journalistes qui se font tuer, l'odeur du sang, c'est difficile... En revanche, en ce qui concerne la série première de chansons que vous m'avez envoyée, dont *Rebelle Girafe*, c'est à cet endroit précis qu'est mon univers. Je trouve ça important que vous parliez de la condition des femmes girafes en Afrique un sujet difficile mais vous l'avez écrit tout en souplesse, il en est bien plus fort.

J'ai bredouillé, oui, je comprends, persuadée que c'en était déjà fini de mon travail avec lui. Quel soulagement qu'il ne prenne pas *Kalachnikov* !

Bien, a-t-il repris et il s'est redressé, je vous prends *Rebelle Girafe,* j'ai déjà composé la mélodie, enfin il y a encore du travail, mais *Kalachnikov* je ne peux pas... Vous la retravaillerez différemment, plus tard.

Il a sorti un petit cahier d'écolier de son sac à dos, un cahier rose avec une tranche bleu pâle. Il l'a ouvert avec délicatesse, l'a tourné vers moi. Tout en cet homme rimait avec douceur, élégance. Ses gestes, cette manière dont il penchait la tête sur le côté, comme un serin, s'offraient, infiniment délicats. Il a posé son index sur la page de gauche du cahier, voyez, ce sont les idées de mélodies, bien sûr il n'y a pas les portées, vous n'arrivez peut-être pas à lire ? Non, je ne sais pas lire la musique. Oh bien sûr, excusez-moi !

Dans son chuchotement si près de mon oreille, de mes narines, s'est lové un parfum troublant, un effluve d'ambre et de musc. Ce devait être son eau de toilette.

Rebelle Girafe, il aimait *Rebelle Girafe*, il allait chanter ma chanson ! Envie d'appeler Olivier là tout de suite, vite lui dire, écoute mon amour, écoute, c'est super... Il allait être tellement heureux. J'ai remercié le chanteur, une fois, deux fois, j'aurais aimé déposer un large baiser sur sa joue, je n'osais pas. Je n'en revenais pas, être chantée par cet artiste ! Un galop d'euphorie montait dans mes épaules, dans mes bras, mes yeux ; c'était exceptionnel ! Je me suis arrêtée de respirer. J'avais envie de pleurer, de chialer tout à coup. Cet élan de joie disparaissait déjà. Louise, Louise était toujours morte et Léa, Léa était vraiment seule sans Louise, je ne pouvais pas être heureuse, il ne fallait pas, ce n'était pas le moment. Et pourtant je devais bien l'admettre, j'étais ravie, j'étais aux anges de savoir *Rebelle Girafe* appréciée à ce point.

Aux anges pendant que d'autres étaient en enfer.

J'ai crispé les mâchoires quand le Chanteur a interrompu mon silence, vous avez été choquée, n'est-ce pas, par l'actualité, ce qui vient d'arriver à ces journalistes dans ce pays ? C'est cela qui vous a inspiré le texte que vous m'avez fait parvenir cette semaine, *Kalachnikov*, non ? J'ai reniflé, bêtement, comme si j'avais le nez bouché.

Ses yeux brillaient, ses lèvres ont formé de nouvelles syllabes lentes et lourdes. Il a dit je comprends tellement bien. Puis il a ajouté, vous savez, je ne les connaissais pas personnellement ces journalistes, j'entendais juste l'une d'entre elles, Louise A., à la radio, ça m'a bouleversé moi aussi. Vous les aviez rencontrés ? J'ai bredouillé quelque chose du genre non, non, pas du tout. Je n'avais pas envie de me confier. Je me suis retournée vers la terrasse de la brasserie, où était Léa ? Léa, je veux te voir.

Léa lisait un journal. Où l'avait-elle trouvé ? Il fallait tout de suite le lui enlever. Trop de détails sur la mort de Louise pouvaient être encore étalés dans les magazines.

Je me suis levée brutalement, le cendrier est tombé, ça ne va pas ? a demandé le Chanteur. Si, si, ça va, ça va. Je me suis baissée, ai ramassé le récipient en forme de grenouille plate. Je fixais Léa. Elle avait reposé le journal sur la table d'à côté, elle caressait Éclipse. Excusez-moi, mon écharpe est emmêlée sous ma chaise. Ah, a fait le Chanteur.

Je ne portais pas d'écharpe ce jour-là.

Il a remué une cuillère dans sa tasse de café. Il a parlé en fixant son arabica, vous êtes peut-être trop loin du sujet pour réussir du premier coup une chanson comme *Kalachnikov*, il faudrait presque l'avoir vécu, connaître des journalistes qui partent couvrir la guerre pour comprendre leurs proches quand ils disparaissent, on ne peut pas faire de généralités, chaque cas est unique.

Le tonnerre a déchiré l'atmosphère douceâtre de la salle. Je me suis à nouveau retournée, Léa debout enfilait un pull-over.

Je peux vous commander un nouveau texte ?

Il y a vraiment une autre chanson dont j'ai envie, j'ai encore essayé de l'écrire cette nuit mais je n'y suis pas parvenu, je pense que vous, vous pourriez y arriver... Il plissait son visage à la manière d'un sharpei. Une particularité qui lui valait régulièrement des photos en gros plan à la une des magazines. De fines rides se sont dessinées autour de ses yeux. Il s'est interrompu. Le tonnerre avait claqué derrière nous, comme un coup de fouet bref et vif, il ne pleuvait toujours pas. Je parlais mentalement à Léa, rentre à la maison ou entre dans le café, il va flotter !

La main du chanteur s'est posée sur la mienne. J'ai voulu la retirer. Il a murmuré, ne bougez pas et écoutez-moi... nous allons parler de la chanson que je voudrais que vous inventiez pour moi, mais avant écoutez...

Ses doigts étaient longs sur le dessus de ma main et son poignet ferme qui maintenait le mien.

Sa voix a changé, la douceur s'évaporait. Quelque chose se plaquait sur ses cordes vocales que je n'arrivais pas à identifier, une gravité qui ressemblait à de la rigueur. L'interrogation m'a surprise. Il y a quelque chose qui ne va pas en vous en ce moment n'est-ce pas ? Je le sens, je le vois, vous ne voulez pas m'en parler, d'accord, je comprends. Il s'est tu. Je ne bougeais plus.

Un homme lui a souri en passant devant notre table, il portait lui aussi une barrette orange dans les cheveux. C'est rare les barrettes chez un homme. Sans doute était-ce un fan.

Le chanteur a soupiré, écoutez je vous aime bien, je ne sais pas pourquoi, ces choses-là ne s'expliquent pas vous le savez, aussi je veux vous dire avant que nous ne nous quittions, juste vous dire que tout n'est que projection du mental, il faut essayer de ne pas amplifier ses douleurs, ses craintes. On souffre, on peut toujours souffrir plus, aller chercher plus loin pour souffrir mieux, il n'y a pas à exagérer ce que l'on ressent... Vous ne m'en voulez pas de vous parler ainsi, enfin je veux dire de me mêler sans doute de ce qui ne me regarde pas ?

Sa main a abandonné la mienne. Ses traits se sont détendus. Il m'a soudain tutoyée : As-tu remarqué, on imagine toujours que la douleur va durer toute la vie et que le bonheur lui va s'arrêter, forcément s'arrêter...

Je ne bronchais pas, le tonnerre ne grondait plus, un soleil diffus inondait la rue.

Ses pupilles ont dardé les miennes, je pense qu'on n'a pas le choix, seule la manière dont on considère l'instant fait que la vie est supportable. Quand tu écris dans ta chanson *Se couler* : « Le deuil, ce deuil, il y a le mur, on ne peut ni le passer, ni le contourner, ni passer en dessous, pas le choix, faut se couler, prendre la forme du mur », et bien je crois que tu es dedans, dans cette pensée.

Ses lèvres se sont pincées, l'une contre l'autre, et ses yeux se sont baissés.

Il a fredonné sur une mélodie que je ne connaissais pas, mais qui convenait tellement bien à ma chanson.

Elle te plaît, cette musique ? a-t-il demandé et il était comme un enfant qui réclame une pomme d'amour.

4

Il a parlé de son enfance, en Normandie, dans le pays de Caux. Il a décrit à grands coups d'adjectifs les falaises qui l'avaient toujours fasciné, résistant aux vagues envers et contre tout, les maisons tombées dans la mer...

Sa grand-mère habitait à l'époque un village nommé Luneray, c'était, disait-il, devenu très touristique. La vieille Léone... Une femme douce, soumise à son pêcheur de mari. Elle avait vendu sa maison, plus rien n'existait pour lui désormais de cette vie normande qu'il avait adorée, seule une chanson pourrait parler de Luneray et de la plage de Varengeville, cette plage où les falaises se sont écroulées, où les blocs énormes, gros comme des camions, dressés sur la plage, ressemblent à des sculptures contemporaines. Cet endroit où il trouvait enfant des morceaux de maisons tombées dans la mer, des petits morceaux, composés de brique et de ciment. Ses grandes vacances de petit garçon, il les passait dans ces embruns. La chanson qu'il attendait et qui ne venait pas se situait dans cet espace de vent, de marées, de roulement d'eau et de coquillages, qui tient du divin, ajouta-t-il, toutes les forces de la poésie sont concentrées en cet endroit.

Des nuits et des jours, il avait traqué les mots, composé des phrases, imaginé des sonorités, des rimes pour évoquer ce temps. Il n'avait pas trouvé. Bien sûr, il en avait les mots, les verbes. Les adjectifs déboulaient quand il les convoquait. Mais il ne savait pas les ordonner, impossible, je suis dans une incapacité, une impasse, sans doute est-ce trop important, je n'ai aucun recul...

Il a relevé le nez, il était tout à coup moins beau qu'à la télé, moins jeune aussi. Ça te dirait de partir en Normandie, d'aller là-bas, dans l'ambiance, écrire ma chanson ?

Ses yeux étaient comme tournés vers l'intérieur, peut-être vers la toile fine et tendre, l'écran des souvenirs derrière les globes oculaires. Il a souri. C'était comme si son regard s'était déchiré laissant la lumière percer après l'orage. Il a une nouvelle fois posé sa main sur la mienne, écoute je te fais porter dès demain une caisse de photos prises à l'époque, et des notes, j'ai rempli des petits carnets quand j'avais quatorze ans, ça ne vaut rien mais ça peut te donner des idées.

Léa, qu'allait devenir Léa si je quittais Paris pour écrire cette chanson ? La panique montait.

Si tu acceptes d'écrire cette chanson pour moi, je demande à mon assistante de te réserver un hôtel.

Un hôtel ! Il avait trouvé une astuce, j'en étais certaine, une feinte, pour m'arracher un sourire, me faire déraper, m'entraîner dans un autre instant, fait d'embruns et de calme. Je m'imaginais avec Olivier marchant sous les falaises, main dans la main, ramassant de larges galets plats pour en faire des porte-savons.

Olivier, allait-il trouver du temps pour m'accompagner ?

Je me répondais oui, il trouvera un moment. Et aussitôt, m'interrompais, non c'est avec Léa, c'est avec Léa que je dois partir, ça va lui faire un bien fou ! Quelques secondes, je l'ai vue, et c'était un rêve éveillé doux, serein, je l'ai imaginée courant derrière une mouette et riant, riant dans les embruns, dans le soleil qui se couchait.

Le regard du chanteur s'est illuminé. Il a pointé son menton vers la terrasse, c'est ton amie ? Elle est très belle. Je vous ai vues arriver, elle peut venir avec toi. Depuis combien de temps êtes-vous ensemble ?

Pour quelles raisons imaginait-il que nous étions ensemble, Léa et moi ?

Et pourquoi ne vient-elle pas s'asseoir avec nous ? Le Chanteur insistait, pourquoi ne nous rejoint-elle pas ? Un mur s'est dressé en moi, pas question Léa lui plaît trop, il ne faut pas, Léa a envie de faire l'amour, elle a déjà couché avec des mecs, il ne faudrait pas qu'elle ait envie de lui, ça risquerait de marcher. Léa, Léa, je dois te protéger.

Il observait Léa en caressant le tatouage dessiné sur son auriculaire. Il ne parlait plus. Il a regardé sa montre, comme le temps filait, il devait partir, passer à sa maison de disques. Il m'a demandé en réglant nos consommations si j'avais lu le livre de sa sœur, Myriam. Il a ajouté qu'elle avait été très critiquée, son livre était sans doute trop cru. Je ne l'avais pas lu, j'ai promis de l'acheter. Oui, achète-le, il faut que tu la rencontres. Myriam est un excellent auteur. Elle aime les femmes, tu le savais ? Tu lui plairais beaucoup, tu es son type de fille, exactement. Il faut que je te la présente... Quel est le style que tu préfères, toi ?

Aucun style, aucun style. J'ai décoché un sourire, l'arme facile. Et il s'est levé, a enfilé un manteau noir à col de fourrure rouge. Je ne voulais plus jamais le revoir, en moi tout hurlait, touchez pas à Léa, toi et ta sœur ! Et j'ai quitté la table, au revoir, au revoir, à la prochaine, j'ai rejoint Léa en terrasse.

Je me suis retournée pour le voir traverser la place Clichy. Il ressemblait à un volatile maladroit avec ce manteau cintré, cette fourrure rouge autour du cou et ce pantalon en cuir noir froissé.

Y a dans ma tête cette folie,
Branche tordue, cassée, tu vois,
Suis pas toute calme et bien barrée.

5

Nous sommes rentrées en bus. Léa souffrait du dos. Je lui ai suggéré de prendre rendez-vous avec un ostéopathe, elle a refusé. Éclipse tirait sur sa laisse. Ça s'est bien passé ton rendez-vous ? Oui, très bien.

Arrivées à Pigalle, mon portable a vrombi. Un message. Olivier me demandait de prendre du pain pour ce soir. Sa mère venait dîner. Les soirées passées avec madame Le Gougec ne me contrariaient jamais. Ça pouvait même être très sympa. Tout dépendait de son euphorie ou de sa dépression du moment, elle oscillait toujours d'un état à l'autre, madame Le Gougec avec son rire strident.

Ambiance italienne. La terrasse brillait de mille feux rouges, bleus, jaunes. La tour Eiffel, au loin, faisait papillonner ses projecteurs. La mère d'Olivier a embrassé Léa, c'était la première fois qu'elles se rencontraient. Elle a ri, avec ces guirlandes, votre terrasse est un amour.

La bouche ouverte, Léa regardait la décoration comme s'il s'agissait d'une fête foraine.

Elle adorait les fêtes foraines. Plusieurs fois, en mai et juin, tandis que Louise faisait des reportages en Algérie, puis en Iran, elle m'avait entraînée à la Fête à Neuneu, du côté du bois de Boulogne. Elle jurait que les manèges et les barbes à papa lui faisaient oublier ce manque de Louise qui grossissait en elle, ce manque qui ressemblait à un vide, un gouffre. Nous avions glissé des pièces dans la fente d'une étrange machine pleine de peluches et de pinces, comme des bouches en acier. Une version pour adultes de la pêche au canard. Léa s'était trémoussée, avait attrapé avec facilité les lions et les pandas en viscose rose ou violette.

Madame Le Gougec avait préparé le repas. Panier napolitain garni, tagliatelles et macaronis de toutes les couleurs, jambon, huile d'olive, babas au citron, elle avait pensé à tout.

Installez-vous mes enfants, aujourd'hui c'est mon anniversaire, c'est moi qui fais le dîner. Il y avait quelque chose de fellinien dans l'air, avec ce basilic, ce parmesan, qui sentaient bon, et madame Le Gougec et ses énormes seins. Cette poitrine, accrochée comme un balcon au torse de madame Le Gougec, nous faisait tellement rire, surtout quand elle avait le dos tourné. Elle marche derrière ses seins ; nous adorions cette phrase.

Il n'y avait aucune raison qu'elle prépare toute seule le repas. Je l'ai suivie dans la cuisine. J'ai mis l'eau à bouillir, je ne sais pas pourquoi dans cette maison comme en Normandie, c'est toujours moi qui mets l'eau à bouillir. Madame Gougec coupait le fromage en fines lamelles. Son tablier de cuisine, avec ces fleurs, ces arbres, ces perroquets qui composaient le motif du tissu, lui donnait un air de jardin tropical. Elle s'est interrompue. Elle ne me regardait pas, vous savez, ma petite... passez-moi les oignons... Je les lui ai tendus, je les avais déshabillés, elle n'avait plus qu'à les couper. Vous savez, ma petite, il ne faut pas garder trop longtemps cette jeune fille chez vous, je n'en ai bien évidemment pas parlé à Olivier, mais c'est un cas classique. Pardon, je ne comprends pas, madame Le Gougec, quel cas classique ? Eh bien c'est, comment dire ? Disons... le syndrome de la baby-sitter, vous comprenez ? Non, je ne comprends pas. Écoutez, il faut être conscient, cette Léa est plus jeune que vous, très jolie et surtout seule, malheureuse, perdue dans la foulée d'un drame tel que celui-ci, tout peut arriver... ma belle-sœur veuve est partie avec le mari de ma cousine trois semaines après l'enterrement... Personne n'a rien vu venir, allez savoir pourquoi le désespéré a besoin d'amour, vite, très vite, il se jette sur la première personne venue, je ne veux pas dire que mon fils est la première personne venue mais bon, c'est un bel homme, cela fait longtemps que vous êtes ensemble, ils sont souvent seuls, Léa et lui ?

J'ai bredouillé, non, je ne crois pas. Les mots s'étouffaient dans ma gorge, non, Léa et Olivier ne sont jamais seuls, jamais, de toute façon, madame Le Gougec, Léa préfère les femmes.

Ce fut alors un éclair sec qui frappa mes tempes, eh bien, ma petite, sachez qu'il ne faut jamais dire « jamais », je vous aurai prévenue !

Nous étions fatigués. Madame Le Gougec essayait de nous divertir, elle parlait, théâtre, cinéma, à toute vitesse. Elle comblait les silences. Elle qui détestait toutes les sortes d'animaux domestiques s'intéressait soudain au chien qui réclamait à table, racontait l'histoire de la cousine machinchose qu'elle avait déjà narrée avec force rires et hoquets quelques semaines plus tôt, renversait son verre sur la nappe et s'en excusait à l'envi, reprenait chacun de nos bâillements, oh, moi aussi, je suis fatiguée. Madame Le Gougec s'épuisait. Léa la fixait de temps en temps. Elle lui souriait, baissait la tête, fixait le contenu de son assiette sans bouger.

Comme d'habitude, depuis la mort de Louise, elle n'a pas avalé grand-chose. Tous les matins, en cachette, dans le seul jus de fruits qu'elle buvait à côté de son café, je faisais fondre le contenu d'un sachet de vitamines. Pourquoi ne le lui disais-je pas ? Je l'ignore, peut-être parce que je refusais qu'elle me voie telle une garde-malade. Une personne en deuil est une personne malade. Il faut en prendre grand soin, ne pas marteler le sol avec ses talons, ne pas hésiter à lui caresser le dessus de la main, à mettre des oligo-éléments dans ses breuvages.

Éclipse dormait aux pieds de Léa. Elle avait enfin compris qu'elle ne devait pas réclamer à table. Une manière bien franche de la repousser avait suffi.

J'adorais prendre ce chiot dans mes bras, le remonter vers mon torse, et sentir son odeur sous mes narines. Les bébés chiens sentent le Petit Lu. J'ai serré Éclipse contre moi, il fallait dormir maintenant, ce soir je ne travaillais pas, le week-end commençait.

Madame Le Gougec partie, Léa s'est assise devant la télé. Un journaliste enchaînait les reportages. J'ai frémi. Qu'allait entendre Léa ?

Je me suis détendue. On ne parlait déjà plus de Louise, plus des deux autres journalistes. Louise et Benjamin avaient fait les gros titres le premier et le second jour. Le troisième jour, l'enquête, qui visait à comprendre exactement ce qui s'était passé dans ce pays, à ce moment précis, au milieu de négociations internationales que nous comprenions mal, avec cette présence de ces hommes armés de kalachnikov sur ce terrain, avait progressé... un peu. Nous étions passés à autre chose puisque nous savions désormais que Louise, Benjamin et la journaliste espagnole n'étaient pas des « morts à la guerre », mais des « événements collatéraux ». Horrible mot qui met au second plan ce qui se passe de plus important dans la vie d'une famille en deuil. « Collatéraux... » Ils avaient été attaqués par des soldats qui en voulaient à leur argent, rien de plus. Ils avaient résisté quelques minutes, les kalachnikovs s'étaient dressées... le tueur avait le même âge que Louise.

L'actualité était passée. Un rouleau compresseur. Mais nous, l'actu, on était toujours dedans, nous vivions avec, il fallait vivre et dormir, l'actu dans la tête et le cœur.

6

Le petit matin s'infiltrait derrière les rideaux. Éclipse aboyait. Quelle heure était-il ? J'ai regardé le réveil, huit heures, c'était un peu tôt pour moi. J'ai crié. Arrête Éclipse ! Et c'est Léa qui m'a répondu. Sa voix était claire et souriante, j'y vais, t'inquiète pas. Je me suis tournée sur le côté, la position en chien de fusil est celle que je préfère.

Dans le couloir, j'ai entendu une voix d'homme. Léa répondait, ils ont ri. L'homme soudain s'est exclamé, à une autre fois, j'espère qu'on aura l'occasion de se revoir, et j'ai cru reconnaître la voix du Chanteur. J'ai voulu me précipiter hors du lit, mais mon pied s'est pris dans le bord de la couette, je suis retombée à même le matelas. J'ai aperçu le mot qu'Olivier m'avait laissé sur la table de nuit avant de partir au journal. Ces lettres minuscules : « Je t'aime. »

La porte a claqué. Léa chantonnait, s'adressait à Éclipse sur l'air de *Alouette, gentille alouette*, allez viens le chien, viens, on va donner ça à ta maîtresse.

Et elle est arrivée dans la chambre. Le pyjama d'Olivier traînait sur le lit, ça m'a gênée.

Elle m'a fixée. Je ne te réveille pas ? C'était pour toi la visite, un coursier, il apportait ça.

Elle m'a tendu une grosse enveloppe en papier kraft brun. Sur le côté droit, une écriture enjambée avait inscrit mon adresse, sur le gauche, figurait le nom du Chanteur. Léa souriait, ce qu'il était sympa ce coursier ! Ça fait du bien des gens sympa comme ça. J'ai balancé mon revers, il te draguait Léa, c'est tout !

Léa a quitté la chambre sans un mot. Ses talons qui martelaient le parquet, ça faisait trembler l'appartement. Je me suis assise bien droit dans le lit. Parvenaient à mes oreilles des bruits de vaisselle. Léa était-elle en train de remplir le lave-vaisselle avec tous ces plats, toutes ces assiettes qu'avait utilisés hier soir madame Le Gougec ? Ne range pas, Léa, je le ferai plus tard.

Je n'arrivais pas à me lever pour aller l'aider. Je ne comprenais plus, je paniquais, qu'est-ce qui me prenait ? Devenais-je jalouse ?

Il fallait que je me reprenne, et plus vite que ça !

Cinq, peut-être six minutes plus tard, Éclipse gambadant derrière elle, Léa poussait la porte de la chambre, un plateau entre les mains, deux tasses, deux assiettes, du pain, des pots de confiture : je sortirai Éclipse plus tard, ce n'est pas pressant, elle a fait ses besoins sur la terrasse, c'est pas bien, il va falloir la dresser.

Le pain était moelleux. Léa regardait par la fenêtre. L'automne s'annonçait, précoce, les arbres déjà offraient leurs magnifiques tons jaune et brun. Elle m'a demandé ce que je lirais lundi à la radio. J'ai parlé d'une nouvelle maison d'édition qui m'avait fait parvenir un texte magnifique d'un certain Vu Thu Hien, un Vietnamien. J'avais lu le seul chapitre qui avait été traduit en français. Le reste était en vietnamien ou en allemand.

Elle m'a parlé d'écriture, elle avait commencé à écrire des choses, elle murmurait des « choses » comme si c'était grave et secret, des « choses » évoquant le départ de Louise, des « choses » sur la séparation et les retrouvailles. Je lui ai proposé de la lire. Elle préférait attendre.

Ses doigts caressaient l'enveloppe en kraft brun, tu ne l'ouvres pas ? Elle s'inquiétait. J'ai expliqué, brièvement, comme on chasse une plume, d'un simple geste, je savais ce que contenait cette enveloppe, mais que devais-je en faire ? L'ouvrir ou la renvoyer avec la mention destinataire inconnu ? Léa a haussé les sourcils, ah bon, mais qu'est-ce qu'il y a à l'intérieur ?

J'en avais trop dit.

Écoute Léa...

J'ai raconté les textes envoyés au Chanteur, au hasard, en imaginant que ce n'était pas possible qu'un type comme lui s'intéresse à mes écrits. Le Chanteur m'avait répondu. Il avait lu mes textes, il en prenait un, tu te rends compte Léa, c'est extraordinaire, tu ne trouves pas ? Oui, c'est vraiment bien, je suis heureuse pour toi, j'avais bien vu que tu étais avec lui, mais comme tu ne voulais pas m'en parler...

Nous avons ouvert l'enveloppe : une carte de Normandie, une réservation à l'hôtel de quelques jours, trois cahiers, une vingtaines de photographies de Luneray et Varengeville, et un message du Chanteur, travaille bien, surtout sur les onomatopées et les ellipses.

7

Trop de boulot au journal, Olivier ne pouvait pas venir en Normandie avec moi, tellement de travail, il l'a répété plusieurs fois et puis sa cheville lui faisait mal. Il a ajouté qu'il était désolé, oui, on aurait bien besoin d'un moment comme celui-là.

J'ai proposé de renoncer à ce voyage mais je pensais, de toutes mes forces, il faut que j'y aille seule avec Léa.

Écoute ma chérie, quand on a une proposition pareille, on ne refuse pas, enfin quoi ! il faut que tu saches ce que tu veux, c'est une opportunité extraordinaire d'écrire pour cet artiste, c'est quand même le chef de file de toute une génération, qui plus est, son père est aussi chanteur, ses amis sont tous des musiciens, un milieu s'ouvre à toi ! C'est ton désir depuis si longtemps... vas-y avec Léa, c'est une occasion pour elle, de sortir, de prendre l'air, fais ça, c'est bien pour elle !

Toute la nuit, mes yeux sont restés ouverts. Olivier s'est endormi dans un premier petit sursaut. J'adorais reconnaître les différents instants de son endormissement. Léa, elle, basculait dans le sommeil sans broncher, comme une masse.

Pourquoi étais-je encore en train de penser à Léa ?

Un être, avec des seins, des hanches, une taille, une nuque, une bouche de fille ?

C'est comment de faire l'amour avec une femme ?

Un corps si semblable et si différent du mien ?

Ça doit être doux, enfin je ne savais pas, tendre et raffiné sans aucun doute mais c'est également dégoûtant, un sexe de femme, ça ressemble à un fruit de mer, je détestais les fruits de mer. Pourrais-je caresser une femme en dessous de la ceinture de sa jupe ou de son pantalon ? Non, j'en étais certaine. Au-dessus, oui, embrasser Léa dans le cou, lui caresser les seins, les épaules, les hanches, respirer son ventre, ses reins... Mais plus bas, non, vraiment non, je ne pourrais jamais m'y aventurer.

Et comment était-ce de faire l'amour avec Léa ? Elle devait être une douce amante... J'en étais certaine. Cette manière de bouger, ses regards tendres, la finesse de sa peau, et puis cette façon bien à elle de poser ses mains sur une tasse de café ou sur la tête d'Éclipse.

8

L'autoroute s'étirait devant nous. Dans une heure nous serions en Normandie. En tailleur sur le siège, à côté de moi, Léa fumait une cigarette. Il avait plu, la luminosité du bitume après la pluie me fit ralentir. Je n'ai jamais aimé conduire, c'est un effort, il faut vraiment que je sois motivée pour prendre le volant. Léa m'avait convaincue, oh non, n'y allons pas en train, laisse tomber les billets, on sera plus libres en bagnole, et puis avec Éclipse ce sera plus facile.

Je m'étais fait remplacer à la radio. Mon directeur m'avait demandé si tout allait bien, si ce n'était pas trop difficile, il connaissait la situation. Les bruits de couloir sont aussi rapides qu'une fusée dans cette maison. J'étais restée discrète, m'étais ordonné de ne pas m'épancher, ne pas même prononcer le nom de Léa, et pas plus celui de Louise. Sans argumenter, j'ai obtenu deux semaines de liberté. En dix ans, c'était la première fois. On dit couramment qu'il ne faut jamais laisser son micro à un remplaçant. La profession est trop précaire.

Mais qu'importe. J'allais pouvoir écouter Léa.

Je sentais par instant mon ventre se dilater, ma gorge s'assécher, je n'osais plus regarder Léa, je craignais de me poser une nouvelle fois cette question, comment est-ce de faire l'amour avec elle ?

Mes cuisses me semblaient lourdes, je n'osais plus parler, j'avais peur de trahir ce sentiment diffus et si étrange qui m'envahissait, dévastait ma raison, du moins me semblait-il, et déchirait mon abdomen. Je craignais qu'elle ne pose sa main sur mon épaule, sur mon bras. Jamais je ne réussirais à lui demander de l'ôter. Et pourtant il le faudra bien, il le faudra bien, me répétais-je et cette idée me torturait.

Léa fixait les plaques d'immatriculation des voitures qui nous dépassaient. Comme une fillette, elle essayait de trouver le nom du département d'où venait la voiture. Léa a hurlé, regarde, cette Clio, elle vient de l'Hérault ! Elle s'est assombrie, c'est là qu'est née Louise.

Yeux braqués sur le péage qui se profilait, je me suis lancée, peut-être avait-elle besoin de parler de Louise ? J'étais là pour ça, elle devait se délivrer, c'est ce qu'il me semblait. Il fallait que j'ose, que je me force à oser. Tu penses à elle tout le temps, n'est-ce pas, Léa ? Oui, tout le temps, mais à quelqu'un d'autre aussi... À quelqu'un d'autre ? Ah bon ? À qui ?

J'ai pensé à Olivier, j'ai pensé au type qui était venu à la maison, j'ai pensé au Chanteur, j'ai pensé au coursier, j'ai pensé à la fille qu'elle avait suivie dans la rue, j'ai souhaité plus que tout qu'il s'agisse de moi. Je me suis injuriée : t'es vraiment folle !

9

L'hôtel était grand, confortable, désuet, un hôtel de bord de mer comme je les aime, exactement, avec sa verrière au rez-de-chaussée pour le petit déjeuner, et un grand escalier qui mène à la plage. Le nom du Chanteur a tout de suite été prononcé par le concierge, ah oui, une chambre réservée par le biais de notre artiste préféré. Il était fier de savoir, d'être dans les coulisses. L'homme a hésité, il regardait Léa, euh, vous êtes ensemble ? Depuis des années, a répondu Léa et j'ai senti mes jambes faiblir.

Un lit ou deux lits ? a-t-il proposé. J'ai rougi, deux lits s'il vous plaît, monsieur.

J'ai eu soudain envie de rentrer à Paris. Mais comment le dire à Léa ? Tout défilait, une armée d'interrogations agitées.

Qui de nous deux allait réveiller l'autre le matin ?

Et s'il n'y avait pas de peignoir ? Alors elle verrait la légère pellicule de gras que j'avais sur les hanches !

Et si elle se levait plus tôt que moi ?

Et si j'avais envie de lui prendre la main ?

Mais non, non, je ne dois pas avoir envie de lui prendre la main ?

Pourquoi, arrivées dans la chambre, restions-nous aussi longtemps assises l'une à côté de l'autre, sur le lit, sans ôter nos blousons ? Éclipse jouait dans la salle de bains avec un morceau de plastique. Ses pattes allaient, venaient, comme si elles tricotaient, jouant avec ce qui avait dû être le bouchon d'un échantillon de parfum. Nous riions de temps en temps, assises à distance l'une de l'autre sur l'un des lits, les mains entre nos genoux, dans la même position, exactement la même, gauche, fatiguée. J'étais bien avec elle.

Par la porte-fenêtre, nous apercevions la plage et ses promeneurs. La marée s'offrait basse. Loin, vers l'horizon, penchés en avant, dans leurs habits de plastique vert et brun, les pêcheurs à pieds ressemblaient à de grosses et lentes tortues. L'air sentait le chocolat chaud. Sans doute en servait-on à l'étage.

Léa s'est levée quand Éclipse s'est mise en position assise sur la descente de lit, elle allait uriner. Non ! Léa a crié, et le chiot a relevé son derrière. Ce qu'Éclipse était craquante.

Je réfléchissais, ça fait un mois aujourd'hui que Louise est partie, qu'elle a quitté ce monde. Léa a relevé la manche de son pull-over, a regardé sa montre, dans deux heures et demie... Léa n'arrivait pas à le dire ce foutu mot, ces deux syllabes qui, en s'enchaînant, composaient « morte ». J'ai murmuré, ne pense pas heure après heure, Léa, il ne faut pas, d'accord ? Allez, viens, on va aller faire un tour sur la plage, enlève ta montre. Non, pas question, m'a-t-elle lancé, pas question de l'ôter, je veux voir l'aiguille se mettre sur l'heure de sa mort, je veux être avec Louise ! Elle s'est lovée contre moi, a tendu les bras, m'a serrée contre elle. Je ne bougeais plus, je n'ai pas réussi à me retenir, je l'ai pressée fort, encore plus fort contre moi, serre-moi, serre-moi, serre-moi, sanglotait-elle.

Léa, viens, on va sortir, se balader dans les embruns, viens Léa. Ne restons pas là... Et puis ça fera du bien à Éclipse de rencontrer d'autres chiens, je la trouve un peu asociale... Pourquoi disais-je cela tout à coup ? Certes, Éclipse était asociale, elle n'aimait pas les autres chiens mais peut être n'était-ce qu'un moment à passer, elle était petite, trop petite pour sa race, le vétérinaire l'avait précisé, répété, évidemment, mademoiselle, elle se sent en position de faiblesse quand elle voit un autre chien.

10

Sur la plage, peu de promeneurs, c'était pourtant une semaine de grandes marées, ces jours où les pêcheurs à pied sont nombreux qui récoltent couteaux et crevettes. L'air froid s'engouffrait dans les pans de nos blousons ouverts. On ramasse des moules ? Regarde, il y en a partout, elles sont toutes petites. Nous nous sommes baissées, en silence, avons cueilli ces coquillages aux teintes d'encre de chine, nous ponctuions nos gestes d'exclamations, ouah, regarde celle-ci, elle est superbe. Avions-nous oublié que nous étions à l'hôtel et non pas dans une maison où nous aurions pu, le soir venu, cuisiner notre pêche ?

Dans le parapluie de Léa ouvert, nous amassions nos trophées, hurlant de joie quand l'un des coquillages était plus gros que les autres. Je ne pensais plus à ces morceaux de maisons tombés dans la mer que je voulais trouver avant l'arrivée du Chanteur. Nous nous sommes éloignées l'une de l'autre sans nous en apercevoir. Quand j'ai relevé le nez, soudain surprise par la lumière vive au-dessus de la Manche, j'ai fixé Léa, plus loin, vers la mer, elle ressemblait à une fine et sombre sculpture.

Longtemps, sur la plage, nous nous sommes promenées les joues rougies par le froid, les embruns, des émotions inconnues qui surgissaient. J'avais envie de fuir, j'avais besoin d'être avec elle.

Léa s'amusait avec Éclipse, la faisait courir en envoyant une balle le plus loin possible. Éclipse trébuchait, tombait, se relevait, aboyait, sursautait. Et reprenait sa course, les oreilles au vent, la langue pendante. C'était ça le bonheur, évidemment que c'était ça, des moments comme celui-ci. Mais comment vivre sans qu'aucun drame ne surgisse qui ordonne l'effort, la survie à tout prix, parce que la société, notre culture d'humain, fait qu'on doit se battre, résister ? N'avons-nous pas le droit de choisir notre départ ? N'est-ce pas plutôt culturel qu'instinctif de devoir vivre ?

J'observais Léa. Elle était jolie avec ce bonnet bleu et jaune sur la tête. Il y avait désormais un avant, un après, elle continuerait son chemin marquée, endolorie, faussée peut-être par ce drame. Qui Léa aimerait-elle dans cinq ans, dix ans ? Ferait-elle porter à l'autre le poids de cette disparition, des souvenirs sublimés ? Serait-elle capable d'aimer à nouveau ? Saurait-elle ne pas culpabiliser quand elle commencerait à aller mieux ?

Allez Éclipse, viens, prends la balle le chien, bon chien, bon chien, regarde comme la mer est belle, regarde le ciel, on comprend pourquoi

Monet venait peindre ici, tu parles, c'est sublime...

Léa a relevé sa capuche. Le froid montait, insidieux, au travers de nos vêtements. J'ai demandé à Léa si elle avait senti le parfum de chocolat chaud, tout à l'heure, à l'étage. Elle a ri, tu as envie d'en boire un ? Et elle est partie en courant droit devant elle, vers les pêcheurs à pied, poursuivie par Éclipse, allez le chien, on court, on court, oui, comme ça ! Elle s'est retournée. Son capuchon a glissé en arrière, son nez, ses joues étaient rouges, il faut absolument que tu mettes de la crème en rentrant, tu as pris un coup de soleil, Léa !

Un coup de soleil dans le vent... Eh bien tu as le début de ta chanson ! Léa revenait vers moi, suivie ou plutôt poursuivie par Éclipse, ses yeux pétillaient, on aurait dû l'appeler Bonheur cette chienne, elle est dans le bonheur, c'est super !

11

Le concierge n'a pas levé le nez de ses dossiers quand nous sommes passées devant lui. Il était encore plus bedonnant que je ne l'avais imaginé. Léa a basculé la tête en arrière en le dépassant et a saisi ma main. Elle a articulé, fort, pour qu'il entende bien, viens ma chérie, et elle m'a entraînée vers le premier étage. Recouvert d'un tapis rouge épais, l'escalier était magnifique. Léa m'a lâché la main, regarde c'est l'école de Nancy, cette rampe, on dirait du Majorelle, allez hop, on monte à pied, c'est trop beau.

J'étais lasse, fatiguée.

À peine entrée dans la chambre, Léa s'est précipitée sur le téléphone et a commandé d'une voix soudain sèche deux chocolats très chauds. Tout s'était raidi en elle. Infinis étaient les paysages qui se dessinaient sur son visage et qui parlaient d'une angoisse montante. Le travail de deuil se fait malgré lui, la marée se retire doucement, chaque jour nouveau apporte quelques secondes supplémentaires de sursaut de vie, de sérénité, ou d'oubli fugace.

Celui qui est endeuillé ne supporte pas d'aller mieux, c'est comme ça, il veut souffrir mieux, plus loin, souffrir c'est accompagner celui ou celle qui est parti, surmonter les images, aller plus loin dans l'insupportable, la mise en terre, la chair qui brûle, c'est encore accompagner le mort. Je réfléchissais et c'était comme un puits sans fond toutes ces questions qui m'assaillaient et auxquelles je croyais savoir répondre.

Nous n'avions pas encore ôté nos blousons. Éclipse buvait dans la salle de bains où j'avais posé la gamelle que j'avais apportée de Paris. Léa m'a proposé de choisir un film en *pay-per-view*. On pouvait se faire un après-midi télé, avec du chocolat et du grignotage, ce serait sympa, commentait-elle en consultant nerveusement le programme de l'hôtel. On faisait ça avec Louise, on regardait de bonnes comédies américaines le week-end, ça nous lavait la tête, elle disait ça Louise, ça nous lave la tête. On se mettait l'une contre l'autre, blotties, on faisait l'amour... Léa s'est interrompue, a fermé les yeux, non, c'est une mauvaise idée, faisons autre chose toi et moi, on n'a qu'à lire, ou alors mieux commencer à écrire tes chansons, moi, je vais écouter de la musique... il faut que j'arrête de vous destroyer votre emploi du temps, à Olivier et toi.

Léa adorait employer des mots en franglais. Ça lui allait bien, avec ses jeans étranges, ses éternelles tongs ou baskets, et ses énormes ceintures.

Quand le garçon d'étage nous a servi les chocolats, nous avons retenu nos rires. Il ressemblait à Laurel sans Hardy. Il a quitté la chambre, claquant doucement la porte, et nous avons pouffé. Léa l'a imité, un peu plus voûté que Laurel, une épaule légèrement plus basse que l'autre. Et cette manière si particulière de se déhancher, t'as vu ? Oui, j'ai vu ! Léa s'est écroulée sur le lit. Elle riait, riait et se détendait, et je la regardais. J'étais heureuse de la voir aussi lumineuse dans ses esclaffements, Léa, Léa comme je voudrais que tu ailles bien, que tout s'arrange, que Louise ne soit pas morte, Léa, Léa. J'aurais voulu lui crier que tout ça, toute cette histoire n'était que pure invention, que rien de tout ce drame n'existait.

Et c'était bon de la voir dépenser son énergie en éruption de fous rires.

Je me suis assise sur le grand fauteuil en velours rose passé qui faisait face à la fenêtre. J'ai observé un homme, il marchait accompagné d'un labrador noir, il portait un enfant sur ses épaules. Olivier, Olivier ferait, j'en étais certaine, un bon père, pourquoi n'avions-nous pas d'enfants ?

Léa s'est allongée. Un gémissement est né quelque part en elle que je n'avais pas soupçonné être possible en cet instant. Sa longue plainte, soudain, m'a arrachée du fauteuil. Mais impossible de me remettre droite, j'étais pliée en deux. Léa, Léa, que se passe-t-il ?

Elle s'est relevée, m'a dit j'ai un problème.

Sûr qu'elle en avait des problèmes, des tonnes de problèmes, la vie qui s'écroule, l'amour assassiné, les images insupportables de kalachnikov, la peur de Louise, la survie sans elle. J'ai ouvert la bouche pour l'interroger, Léa dis-moi,

Léa je suis ton amie. Elle a effleuré le dessus de ma main avec son index, l'a aussi vite enlevé, non, ce n'est rien, je suis déjà suffisamment galère pour vous.

Galère pour nous, mais qu'est-ce que tu racontes, Léa ? Enfin quoi, on est amies, rien de plus normal que je sois avec toi, nous t'aimons, Olivier et moi, c'est tout, c'est de l'affection, on ne te lâchera pas, on t'aime...

J'ai repris, ne voulant surtout pas provoquer d'ambiguïté, on t'aime vraiment, Olivier et moi, tu sais ! C'est bien le problème, a susurré Léa.

Ses yeux étaient brillants, remplis de larmes, l'écluse s'ouvrait en elle. J'ai détourné le regard, je ne voulais pas la gêner à contempler son visage défait, ses expressions dévastées par la douleur. Le papier peint sur les murs pouvait me sauver, m'embarquer en nostalgie. Il fallait que ces motifs me fassent revenir à des souvenirs, d'enfance ou d'adolescence, peu importe. Où avais-je pu rencontrer pareil papier peint, allez, donne-moi un coup de main tapisserie toi, fais-moi partir. Ces petits motifs roses, représentant des scènes de chasse et de déjeuner sur l'herbe, me rappelaient le décor de la chambre de mes parents quand Anne et moi étions enfants, à Dinard.

C'est là que Léa a dit, on s'aime trop, vraiment trop toi et moi.

J'ai feint de ne pas avoir entendu, je me suis répété, il faut tout de suite refuser ce qui risque d'arriver.

12

Dans la salle de bains, nous avons rangé nos crèmes et dentifrice. Elle s'est brossé les dents, a regardé sa montre, tu te souviens ? À cette heure on était à l'élevage, tu savais pour Louise, tu ne disais rien, pourquoi tu l'as pas dit tout de suite qu'elle était partie, qu'on lui avait tiré dessus ? Je te déteste de ne pas me l'avoir dit.

Elle a quitté la salle de bains pour aller chercher une chemise. Sa montre était posée sur l'étagère, je me suis précipitée, j'ai avancé l'aiguille d'une demi-heure. Ainsi quand ça recommencerait, l'anniversaire de l'heure du décès de Louise, je lui lancerais un « non » strident, non, Léa, j'ai reculé ta montre ce matin, l'heure du décès de Louise est passée depuis une demi-heure.

J'étais torse nu quand elle est réapparue. Elle s'est figée, oh pardon ! J'étais interdite, pourquoi n'avais-je pas fermé la porte à clé ? Elle m'a regardée, des pieds à la tête, a souri. J'ai rentré le ventre. Cette sensation d'être presque nue à côté d'elle, à portée de souffle, c'était étrange et désagréable. Elle n'était pas attirée par moi, c'était certain, je me le suis répété, elle était juste amusée de me voir paniquer. Mais, moi... Moi j'étais bel et bien troublée par Léa, je devais l'admettre. Et me débrouiller pour que cela s'arrête, vite, le plus vite possible. Une moue que je ne lui connaissais pas s'est dessinée sur son visage, t'inquiète pas, t'es bien conservée. Bien conservée ! Mais c'est ce qu'on dit aux vieux. J'ai enfilé un peignoir.

Elle s'est éloignée vers le fond de la salle de bains, elle a questionné, la vie, la mort, la guerre, l'histoire, le journalisme, Tu sais c'est important, Louise est entrée dans l'histoire du journalisme, la radio va inaugurer un nouveau prix à son nom, le prix du reportage Louise A., c'est bien non ? J'ai répondu oui, c'est bien. Et Léa s'est avancée vers moi. Il me semble aujourd'hui encore que je percevais chacun de ses mouvements, comme au ralenti, ses mains qui se déliaient, ses bras qui avançaient, son torse qui allait et venait en inspirations expirations, le temps, le mouvement du temps avait changé.

Quand elle m'a prise dans ses bras et a murmuré je t'aime, je t'aime, je t'aime, j'ai cru perdre connaissance. J'ai souhaité de toutes mes forces reculer, m'éloigner d'elle, non pas ça Léa, pas ça, pas dans tes bras. Mais aucun mouvement, aucun son n'a jailli. Sa chaleur contre moi, la douceur de ses mains dans mon cou... Il est des peaux qui sont faites pour se rencontrer, un magnétisme se dégage auquel on ne peut résister. J'ai fermé les yeux, elle a posé ses lèvres sur les miennes, elle m'a embrassée, c'était tendre et vif, elle a pris mes mains dans les siennes et soudain s'est retirée, pardon, pardon, je fais n'importe quoi, excuse-moi.

13

Je ne l'entendais pas. Je n'étais plus que coton, ouate dans les cuisses et la tête, troublée et mal à l'aise, un galop était en moi que je freinais et qui me faisait mal. Elle était dans la salle de bains depuis plus d'une demi-heure. Éclipse dormait sur le lit, un chien sur le lit quand il a trois mois sera un gros chien qui dans un an prendra toute la place. Je pensais à cette formule quand, dans la poche de mon jean, mon téléphone a vibré. Ma mère ! Cela faisait un moment que je n'avais pas de nouvelles. Maman, un personnage ! Prise par son initiation au bouddhisme, continuant de fumer des joints le soir, elle me faisait penser à la mère dans *Absolutly Fabulous*, un peu déjantée, franchement émouvante, et ses vêtements, encore tellement hippie pour l'époque. Forcément, elle me jugeait austère, lire des textes à la radio était pour elle un métier de fonctionnaire. J'ai laissé le répondeur se mettre en marche, je l'ai interrogé quelques secondes plus tard. Dans son message, elle me demandait si je comptais venir à son réveillon de Noël, tout en précisant : « cette fête désuète ». J'ai refermé mon téléphone, l'ai mis sur mode silencieux, ainsi plus aucune sonnerie, aucune vibration ne viendrait m'importuner. J'ai attrapé un livre, l'ai ouvert, ai essayé de fixer mon attention sur le titre, sur les premières lignes. Il fallait que je pense à autre chose, que j'oublie Léa, la peau de Léa, la douceur de Léa dans mon cou, son odeur, sa chaleur. Je devais me calmer, faire redescendre en moi cette pression, ces à-coups d'angoisse et de peur. Je rappellerais ma mère plus tard

Éclipse s'est levée d'un bond, a foncé vers la porte de la salle de bains. Elle grondait. J'ai crié, l'air dégagé de toute inquiétude, ça va Léa, tu n'as besoin de rien ? Elle ne répondait pas. Tu veux que je commande de nouveaux chocolats chauds ? Non, non, merci. Sa voix éraillée m'a inquiétée. Elle a repris, non, pas la peine, c'est gentil, on verra plus tard, et le son de la radio a éclaté derrière la porte.

L'animateur avait un ton désagréable. Je me suis surprise à râler, mais il ne peut pas ralentir son débit ce mec, c'est plus de l'animation, c'est la foire aux andouilles. Et je me suis calmée, ce mec vit peut-être lui aussi un drame, il ne faut pas juger comme ça, à l'emporte-pièce...

Je réfléchissais en observant les promeneurs sur la plage. La tragédie est partout au coin de la rue, au coin de monde et de ses ondes, de ses marchés, ses impasses. Le tragique, c'est perdre l'autre, mais aussi se perdre, ne jamais réussir à être soi, être en deuil de l'enfant que nous étions et qui devrait grandir.

Le tragique c'était surtout d'être troublée par Léa.

Je rongeais l'ongle de mon index droit, je ne m'en étais pas rendu compte. À quoi sert l'index s'il ne peut plus gratter une blessure qui démange et rend fou ?

Sur le papier peint, un petit personnage au profil d'aigle me fit penser à Olivier. Mes doigts ont ouvert le clapet de mon téléphone. J'avais envie d'appeler. Olivier, où es-tu ? Mais je ne l'ai pas fait. Ne percevrait-il pas dans ma voix cet ouragan qui me traversait et détruisait tant de choses sur son passage ? Quand puis-je te joindre ? Ici c'est un peu étrange je te raconterai.

Et j'ai espéré un message d'Olivier, des mots doux, aussi doux que la petite surface de peau tendre sous le lobe de son oreille. J'ai souhaité de toutes mes forces et comme mes forces m'abandonnaient, des mots qui me soulageraient, me confirmeraient que oui, bien sûr, nous étions un couple Olivier et moi, à la vie à la mort, j'aimais Olivier et il m'aimait, rien n'avait changé, nous continuions d'être des amoureux.

Les questions affluaient, ma tête allait exploser, débandade dans le ventre, dans les trois minutes, sûr, j'allais foncer aux toilettes, tout me lâchait, hurlait en moi, Léa, Léa, qu'est-ce qui m'arrive, Léa, c'est affreux, c'est quoi ce truc que je ressens et qui me fait penser à Léa et uniquement à Léa, et tout le temps, et si loin en moi ? Anne, ma sœur Anne, aide-moi, calme-moi, aide-moi, force-moi à penser tout de suite à Louise, il faut que je pense à Louise, on ne peut pas faire une chose pareille à Louise, Léa ne doit pas la trahir ! Pardon Louise, je ne sais pas ce qu'il m'arrive. Olivier, Olivier remets-moi dans ma vie.

Je me suis couchée sur le lit, j'ai réinterrogé le répondeur de mon portable. La suite du message de ma mère : dans un mois, disait-elle, ce sera l'anniversaire de vingt ans du départ de ta sœur, je te dis ça, tu en fais ce que tu veux, ma chérie. Elle avait raccroché brutalement. Ni elle ne m'embrassait, ni ne me disait à plus tard. Anne que je venais de prier, pouvait-elle me faire un signe par le biais de ce message ? J'ai essayé de m'en convaincre, c'est tellement rassurant de se sentir épaulé par un mort, son ange, son gardien, j'y avais cru autrefois, je sentais cette présence, Anne, comme une pression, une impression, au niveau de l'épaule gauche, dans le dos, contre ma nuque, comme une tête qui regardait au-dessus de cette épaule et m'accompagnait. J'avais grandi et l'impression s'était éloignée pour disparaître totalement. Je n'arrivais plus à la sentir contre moi, ma sœur n'était plus là. Ces paroles de ma mère, un pur hasard !

Vingt ans du départ de ta sœur...

Mais vingt ans, c'était il y a si peu de temps !

Ça y est, je commençais à penser comme les vieux.

Anne, ma sœur Anne,
Je l'avais pourtant vu venir,
L'asthme, ce souffle, Anne,
Qui te manquait, le pire.

L'air lui avait manqué. Je n'étais pas loin. Maman avait dit, surveille ta sœur, ça ne va pas fort ce matin, elle est restée assise toute la nuit dans son lit à étouffer, je vais chercher le médecin, sa voiture est en panne, je reviens dans vingt minutes. Dans sa tenue de jean, maman n'avait pas l'air inquiète, elle souriait et j'adorais cette monture de lunette étrange, en forme de soleil, qui retenait les verres roses qu'elle portait le jour comme la nuit. Maman m'a embrassée sur le front, a caressé la tempe d'Anne, a promis à Anne, le médecin et moi on arrive dans vingt minutes, je te promets, avec le suppositoire qu'il m'a dit de te donner, juré mon petit, je te le jure mon enfant, tu vas mieux respirer dans dix minutes, je fonce chercher le docteur, il te fera sans doute une piqûre.

Il faisait beau, c'était le printemps, maman est partie en laissant derrière elle le parfum de fleur d'oranger dont elle avait arrosé un gros gâteau à la vanille. Anne, dos collé au mur, assise sur le lit, bouche ouverte, les épaules remontées, a bredouillé en me regardant, ça va passer, va me chercher un autre suppositoire. Mais non Anne, tu en as déjà eu un, maman a dit « pas deux ».

Anne respirait de plus en plus mal, dans ma main le deuxième suppositoire, je scrutais l'horizon, le généraliste et maman seraient revenus dans moins de cinq minutes. Tiens Anne, tiens le coup !

Une voiture au loin, à la lisière du ciel et de la route. Je l'entendais. T'inquiète, Anne, ils arrivent ! Mais ce n'était pas eux.

Anne est morte en quelques minutes, contre moi, je lui caressais la tête, remontais ses cheveux tout en essayant de glisser dans sa culotte, entre ses fesses, ce maudit suppositoire.

Léa, fais-moi oublier, fais-moi oublier. Je tournais en boucle.

Léa connaissait l'histoire, les failles et les plis qui avaient fait de moi, comme la falaise, un bloc plein de son passé. Elle m'avait demandé, elle était avide de réponses. Se remettait-on de la mort d'un être aimé ? Oui, Léa, on s'en remet, on ne reste pas malheureux toute sa vie, on oublie, enfin je veux dire on vit.

Comment la soulager ? J'aurais préféré murmurer, ces mots, on vit avec, Léa, on épouse la forme de ce que l'on ressent Léa, on n'oublie jamais Léa, on devient des handicapés de la vie qui apprennent à rire sur une jambe, enfin quelque chose comme cela...

Léa toussait dans la salle de bains. Dehors le crépuscule recouvrait la plage, et cette lune au-dessus, c'était magnifique. J'ai regardé la mer, vu le ciel s'obscurcir, les pêcheurs à pied lentement remonter. Une musique au loin ressemblait à celle d'une fête foraine. Je la percevais plus que je ne l'entendais. Je me suis interdit de penser à ma sœur Anne, pourquoi son image venait-elle, à cet instant ? Ce n'était pas le moment, dégage Anne, sors de ma tête, t'es morte et en paix depuis longtemps toi, elle, Louise, elle débarque là-haut, faut que tu l'aides, elle sait pas où elle arrive, occupe-toi d'elle, je m'occupe de Léa, lâche-moi, fais ton boulot.

Ce soir, si Léa était en forme, à peu près en forme, on pourrait aller manger des gaufres pleines de sucre, de la barbe à papa, je me suis souvenue, et ce fut un léger réconfort, mon père lui aussi aimait les fêtes foraines, il tirait à la carabine, faisait des trous dans les cercles rouges en carton carré, rapportait les cartons, les punaisait sur le mur. Ses trophées prenaient la poussière au-dessus de mon bureau.

Éclipse a foncé à nouveau vers la porte de la salle de bains, elle grattait doucement, maladroitement, avec sa patte gauche. Un chien gaucher, c'est amusant. J'ai quitté les bras du fauteuil, ai traversé la pièce, plaqué mon oreille sur la porte. Léa avait ordonné, n'entre pas ; je ne voulais pas enfreindre l'ordre. Mais ce temps, bordel, comme il passait, comme il était long, je n'entendais plus Léa, juste la radio, cette musique, puis cette voix, et une pub, et une musique qui faisaient paravent à toute indiscrétion, qu'est-ce que tu fais Léa ? T'es sûre que ça va ?

Mes muscles se sont tendus, sûr, j'avais entendu un gémissement. C'est quoi ça ? Léa, que se passe-t-il ? Léa ?

J'ai reculé, couru, bondi, j'ai donné des coups de pieds, des coups de hanche, coups d'épaule. La serrure a sauté, la porte s'est ouverte d'un coup sur la salle de bains, sur Léa, sur son visage de madone. Léa, Léa mais qu'est-ce que tu as fait ?

Elle gisait sur le carrelage, il y avait du sang. Elle avait taillé dans son avant-bras. Avec ce cutter qui appartenait à Olivier et qu'elle avait emporté avec des tonnes de magazines et un pot de colle pour faire des collages. En plusieurs endroits, elle avait scarifié sa peau blanche, transparente. Et elle fixait ce territoire couvert de tranchées ensanglantées, sans broncher, en gémissant de temps en temps, mais à peine, si peu. Pose ça, Léa, pose ça. Je m'ordonnai de rester calme, du sang-froid, garde ton sang-froid, ne panique pas, aide-la. N'allait-elle pas une nouvelle fois entailler son bras, là, devant moi, pour me braver, me montrer sa souffrance, ou plutôt, devrais-je dire, pour se venger de cette vie qui lui avait enlevé Louise ? Léa, Léa, pose ce cutter, pose-le, je t'en supplie. Elle a tendu le bras, c'était brutal, encore aujourd'hui ce mouvement m'obsède. La lame s'est dressée vers moi, comme le reflet d'un poisson argenté dans la lumière, le cutter m'agressait, n'approche pas ou...

Me menaçait-elle ?

Mais enfin Léa, pourquoi ?

Elle a esquissé un sourire, une grimace, je t'aime beaucoup tu sais. Et, l'espace d'un battement de cil, les yeux brillants, me fixant, elle a retourné la lame du cutter contre elle et a taillé brutalement son poignet. Non Léa, non.

Elle n'a pas crié. Le cutter a rebondi sur le carrelage.

J'ai foncé, l'ai saisi comme on attrape un oiseau blessé, l'ai replié et fourré dans ma poche. Je m'entendais scander Léa, Léa. Toutes sortes d'émotions brutales montaient, m'envahissaient, composées de peur, de pitié, d'amour, de ras-le-bol, de lassitude, de colère. Impression que j'allais m'évanouir. Je me parlais à moi-même, allez calmos ma fille, calmos, sois forte pour elle, comprends-la, ne panique pas, parle-lui, sois douce.

Sur le sol, en chien de fusil, Léa pleurait. Des pleurs si doux qu'ils en étaient encore plus touchants. Jusqu'à quel niveau d'émotion pouvait-elle m'entraîner ? Il me semblait que personne, dans toute ma vie, ne m'avait emportée aussi fort en autant de chocs et d'émois, des plus sinistres et tristes au plus doux et sereins. Cette fille n'était pas comme les autres, souvent, Olivier et moi, nous nous l'étions répété. Avant. Avant Louise.

Je me suis agenouillée. Elle s'est relevée, s'est lovée contre moi, je t'aime, je t'aime, c'est affreux, je t'aime et j'aime tant Louise aussi et je t'aime, et je l'aime et Louise est morte, et je t'aime et qu'est-ce que j'ai, je ne peux pas supporter ça. je suis folle, je suis folle...

Je n'oublierai jamais sa tête dans mes mains, ses yeux tendus vers les miens, Léa suppliait, dis-moi juste que tu m'aimes, dis-le, bordel, dis-le. Mais pourquoi Léa, pourquoi ? Pour oublier, oublier. Et pour l'émotion.

Son regard si franc, sa peau transparente, sa douleur entraient en moi, j'ai pensé peut-être que je l'aime, et je me suis forcée à fixer des yeux le bout de mon pied droit. J'ai toussé. Et je l'ai murmuré. Doucement. Je le lui ai dit, ce fut à peine audible, je t'aime Léa, je t'aime, oui.

Ses cheveux chatouillaient mes joues, t'en va pas, reste contre moi, j'ai besoin de toi. Je l'ai serrée contre moi, il faut qu'on appelle un docteur. Non, non pas de docteur, ils vont m'emmener à l'hôpital ou chez les dingues, je les connais, j'ai fait des reportages sur les hôpitaux psychiatriques, je ne veux pas, ne me fais pas ça. Elle a plaqué ses mains sur ses oreilles, aime-moi, aime-moi. Elle geignait. Fais-moi partir ailleurs, je t'en supplie, fais-moi partir ailleurs. Elle penchait son visage vers moi, j'ai posé mes lèvres sur les siennes, nos langues se sont rencontrées, c'était doux, ses larmes coulaient sur notre baiser salé, le bout de sa langue sur le bout de la mienne, ce moment, je ne l'oublierai jamais. Léa s'est calmée. Je n'avais jamais embrassé une femme avant elle, je n'avais pas envie que ça s'arrête. Ses mains cherchaient ma peau sous les manches de mon pull, je n'osais pas la toucher. Un réveil a sonné quelque part, en dessous ou au-dessus de nous. Nous nous sommes retirées au même moment, ses yeux disaient son effroi, mes mains et mes cuisses tremblaient. C'est impossible, a articulé Léa. C'est pas possible, ai-je repris. Inenvisageable.

Le sang ne coulait plus de ses bras entaillés. Juste quatre petits carrés, faits au cutter, sur la peau, des petits carrés réguliers, dessinés côte à côte, d'un ou deux centimètres chacun. Je n'osais plus croiser son regard, il fallait partir, vite, ne plus jamais se souvenir de cet hôtel. On rentre à Paris ? C'est mieux non ? Oui, c'est mieux.

14

Les plaies étaient impressionnantes mais peu profondes. Son visage s'est tordu de douleur quand je les ai nettoyées à l'eau de Cologne, pas le choix, Léa, sinon je dois appeler un médecin. Elle se laissait faire, mes mains tremblaient, je ressassais, il ne faudrait rien dire à Olivier, pas qu'il sache... pas parler de ce baiser... J'avais honte, honte d'avoir fait ça. Honte d'« avoir fait ça à Louise ». Le reproche se faisait balle de squash lancée à cent à l'heure au cœur de mon crâne. Léa interrogeait, on ne recommencera jamais, d'accord ? On ne doit pas faire ça, pas faire l'amour, ce n'est pas possible, on va lutter, on va y arriver, tu ne peux pas faire ça à Olivier, et moi, j'aime trop Louise, jure-moi, jamais, on va résister, on est des résistantes, hein, dis-moi, jure ! Jamais faire l'amour ensemble même si on en crève d'envie...

J'ai juré.

Et jure-moi que Louise n'a pas souffert, qu'elle n'a pas senti qu'on lui tirait dessus...

J'ai juré.

Nous avons vidé le placard, plié nos pulls et nos pantalons, rassemblé nos brosses à dents, nos parfums, nos brosses à cheveux. On n'entendait plus que le bruit de nos respirations et la mer au loin, quelques cris de mouette.

J'ai voulu régler la note de room service, la note de téléphone, la note de quelque chose quoi, mais le concierge a fermement refusé, tout est pris en charge par la maison de production de Monsieur... Léa l'a interrompu, ah oui ce con de Chanteur !

Elle tenait Éclipse dans ses bras, du sang avait taché sa manche. Le concierge était inquiet, il y a un problème ? Non, monsieur, ne vous inquiétez pas, c'est Éclipse, enfin je veux dire le chien, il s'est fait mal à la patte et il a griffé mon amie, c'est pour cela que nous rentrons plus tôt. Ah, je comprends mesdemoiselles... Éclipse sautait de joie telle une balle tenue par un ressort. Les chiens prennent parfois quelques-unes de nos peurs pour du jogging et nos rires pour des pleurs.

15

La voiture a eu du mal à démarrer, il fallait absolument la faire réviser. Léa assise sur le siège avant droit a tendu sa main vers le bouton actionnant le chauffage. L'automne était bien installé, trop précoce. Ce mois de septembre ressemblait à un novembre gris et sale. J'ai accéléré sur l'autoroute. Je craignais de croiser le profil noir d'un reproche dans ses yeux. Mais qu'est-ce qui m'avait pris ?

Léa n'avait pas fixé sa ceinture de sécurité, Léa, ta ceinture ! Oui, oui si tu veux mais ça ne sert à rien ! Les probabilités me rendent sûre de moi, pas de risque que je meure, on n'a jamais vu ça, deux personnes dans un couple qui meurent à quelque dix milliards et cent huit minutes d'intervalle.

Avait-elle calculé les minutes la séparant de Louise ?

Et elle a ajouté, bravache, c'est drôle, je suis pourtant assise à la place du mort !

Nous avons roulé, roulé. Étais-je amoureuse ? Tu es amoureuse, c'est horrible, tu es en train de tomber amoureuse d'elle, une fille,

Léa, c'est quoi ce truc ? Non non, c'est pas possible, c'est pas ça, j'aime Olivier. D'accord j'ai aimé l'embrasser mais c'est fini, ça n'arrivera plus ! Je n'entrerai pas dans cette folie... J'ai les pieds sur terre, y'a pas de raison que ça change !

Vers quoi roulaient tous ces automobilistes que nous croisions ? Vers un amour impatient ? Vers un enfant malade ? Les pleins phares m'aveuglaient, je râlais, Léa me traitait de mauvais caractère. Son bras enveloppé dans les morceaux d'une serviette que j'avais déchirée en lamelles lui faisait mal. Elle s'en plaignait, puis jurait, non, ne t'inquiète pas, ce n'est rien. J'ai imaginé une seconde la tête de la femme de chambre de l'hôtel, découvrant la serviette de la salle de bains découpée, et ces traces de sang dessus.

Nous avons quitté l'autoroute, longé des champs, un bois, d'autres prairies, Léa a voulu s'arrêter.

Un pont a attiré son attention, si frêle, si joli, sur la droite, un pont comme on en voit parfois sur les petites routes qui mènent à d'insoupçonnables villages. Nous sommes descendues de la voiture pour aller le voir. Un hérisson marchait le long de la rivière, en contrebas, à dix mètres en dessous. Difficile de bien l'observer. Il va se noyer ! Mais non Léa, regarde, il est loin du bord de la rivière... Je me suis penchée, j'agrippais la rambarde recouverte d'une fine couche de mousse. Je ne le vois plus... Quoi, qu'est-ce que tu ne vois plus ? Le hérisson, Léa, je ne le vois plus !

Elle a soupiré, ce qu'il est beau ce pont ! Et son regard a croisé le mien. J'ai détourné les yeux. Mes jambes flageolaient mais je n'avais pas froid. J'ai serré les mâchoires, je devais résister, résister à ce qui m'attirait, Léa, Léa que j'avais envie de prendre dans mes bras, de sentir contre ma peau. J'ai pensé au hérisson, s'il réapparaissait, alors je m'octroierais encore le droit d'un baiser, un baiser de Léa. S'il ne réapparaissait pas, plus jamais, plus jamais, je n'embrasserais Léa. C'est la vie qui déciderait, promis juré.

La nuit s'étalait au-dessus du paysage. Je voyais mal, où était l'animal ?

Alors j'ai senti, derrière moi, le corps de Léa s'appuyer. Elle a collé son ventre contre mes reins, ses seins dans mon dos, elle a penché sa tête au-dessus de mon épaule, vers le vide, la rivière en contrebas. T'as raison, je ne le vois plus non plus, où il est ce hérisson ? Et elle m'a retournée, brusque, impatiente. Face à face, nous respirions dans un même mouvement.

Son parfum contre mes narines, son visage au-dessus du mien, le cliquetis de l'eau en dessous, ses seins contre les miens, ses lèvres dans mon cou, ses mains sur ma taille, sa jambe entre mes cuisses, mon ventre qui palpitait, se détachait de moi comme s'il n'existait plus que pour lui-même, sans ma tête, cette tête qui refusait toute intimité avec Léa, je l'ai embrassée.

Nos langues se mélangeaient tandis que nos corps dans une danse douce, parfois violente, se pressaient, se découvraient. Je me suis courbée en avant contre elle adossée à la rambarde de ce joli pont, elle a glissé sa main sous ma chemise, ces frissons, sa main sur ma peau, je me suis appuyée contre Léa, j'avais envie d'entrer tout entière en elle, mes bras dans ses bras, mes épaules dans ses épaules, ma tête dans sa tête, ma langue sur son corps et sa douceur dans mes oreilles.

Au loin, un carillon, plus près le bruit d'un moteur Diesel. Et cette odeur d'herbe mouillée.

17

Sa langue est douce contre la mienne. Elle appuie sa main, plus fort sur mes hanches, l'autre sous ma chemise longe la forme de mes reins, revient en avant, vers mon ventre, mes seins, je m'appuie contre elle, de tout mon poids, de toute ma vie, de tous mes jours, de toute ma peau.

Il fait frais, la chair de poule glisse et se répand sur tes bras Léa. Est-ce la nuit, ce léger vent qui te fait frissonner ? Je presse, plus fort, mes seins sur tes seins, ma langue contre ta langue, tu frémis à nouveau.

Léa je t'aime, je te veux, mais je ne dois pas te le dire, je n'en ai pas le droit, chut Léa, ne dis rien, aimons-nous, Léa, appuie-toi plus encore contre moi comme je me verse sur toi, colle-toi à moi, je veux te sentir, sentir la vie, on est amies, on s'aimera toujours, prends mon sein, embrasse-moi, encore, encore, tu sens comme je me fonds en toi, je te presse, je suis toute contre toi, j'appuie là où je te désire, Léa, où tu respires, où tu es vivante, dans ta chair, sur ta peau, mes yeux suspendus au battement de la petite veine, là, et mes oreilles et mon souffle à l'affût du rythme de ta respiration.

Léa glisse ses mains sous mes fesses, elle me soulève, me lève de quelques centimètres, cette danse dans ce baiser qui ne s'arrête pas, son souffle sur ma peau, elle me repose doucement sur le sol, et elle se retourne, une nouvelle fois, et me présente son dos, sa nuque, ce qu'elle est frêle sa nuque, et sa peau douce à la racine des cheveux, et blanche dans son dos, entre ses reins, ciel sa cambrure, son tatouage bleu.

Mes cuisses tremblent, mon ventre se disloque, un frisson s'étend et court sur le côté de mes seins, je n'hésite pas, je soulève son t-shirt, et je me baisse, applique mes lèvres là, exactement là, sur le dessin, et presse ma langue, je l'embrasse, le lèche, je l'ai tant et tant vu, tellement aimé ce petit papillon marine juste au bas de son dos.

Elle gémit, elle chuchote, je ne peux pas, je ne peux pas, on ne peut pas faire ça à Louise, je l'aime, je ne sais pas ce que j'ai, je veux et je ne veux pas, j'ai tellement envie de toi, je ne comprends pas ce qui se passe, je t'aime tellement. Et je l'aime tant.

Moi non plus Léa, moi non plus je ne comprends pas, mais tu es douce, si douce.

Elle murmure je te veux, je te veux, et soudain que se passe-t-il ? Qu'arrive-t-il ? Je crie non, non, je hurle plus fort non, non, pas ça, pas ça, alors que Léa m'échappe, elle m'a déjà échappé, elle tombe, dans le vide, comment cela est-il possible ? Elle a glissé entre mes mains, elle s'est renversée vers l'avant, vers le gouffre.

Léa a plongé ou a été emportée, je ne sais pas, a basculé, la tête la première vers la rivière, le parapet a cédé, ou elle l'a forcé, je l'ignore, mes mains n'ont pas réussi à la retenir, c'est allé si vite, je recule, j'ai peur. Il fait nuit, juste ce filet d'eau qui ruisselle, cette odeur d'herbe et ces ombres denses tout autour.

Léa, au secours, au secours. Je tends les bras, je hurle, Léa, non.

Et je vois l'énorme trouée sur le pont, la rambarde a disparu, Léa pourquoi ? Pourquoi ? Léa, parle-moi, dis-moi que tu n'as rien, que ça va, allez Léa, dis-moi.

Un chien gémit au loin, dans l'une des fermes que nous venons de dépasser.

Léa m'a échappé, son corps a glissé.

J'ai essayé de le retenir, j'ai, je crois, agrippé son jean, mais je n'en suis pas sûre, peut-être n'ai-je pas eu assez de force, je n'avais pas de prise, je n'ai sans doute pas réussi à la maintenir, elle était déjà partie pliée en deux en avant.

Elle est allée, dans le vide s'est laissée aller, a écarté les bras, quelques secondes, elle a volé, ce n'était plus un rêve, tu n'as pas hurlé Léa, tu ne t'es pas révoltée, une seconde, ne serait-ce qu'une seconde, tu n'as pas crié Léa, pas hurlé au secours, tu as étendu les bras, tu t'es laissée faire, tu n'as pas résisté, ça n'a duré que quelques secondes, c'est comme si tu acceptais de partir Léa, et tu t'es écrasée, en silence, sur le sol à quelques mètres du hérisson.

Léa est tombée de ce pont. Comment tout cela a-t-il commencé ?

Pendant les deux années durant lesquelles j'ai écrit ce roman, deux êtres qui me sont chers ont disparu, emportés trop jeunes dans leur choix difficile d'artiste. Je n'ai cessé de penser à eux. Alexandre Tissier, compositeur et Solveig Dommartin, comédienne. Vous êtes là.

Des pensées pour Pierre parti le jour de l'éclipse.